列車食堂

山口実徳
YAMAGUCHI Minori

文芸社

MENU

列車食堂

ハチクマ

ずいぶん昔の話だが、風変わりな食堂が日本中の羨望の的となり、津々浦々にまで洋食を広めたことを、知っているだろうか。

そこにはこれまた風変わりなコックがいて、何というか、色々と騒動を巻き起こしていたそうだ。

そう、これから語る物語はそのコックや彼の周りの人々から後年、聞いた話ばかりなのだ。

彼らも嘘は言っていないだろうが、私や彼らに記憶違いがあるかもしれない。申し訳ないが、そこは承知してもらいたい。

コックの話は長くなるから後でゆっくり話すとして、まずは食堂の話から始めようか。

　奥行きは二十メートルばかりあるが、幅は三メートルにも満たない、鰻の寝床のような店内だ。明るく目に優しいクリーム色の壁紙が一面に貼られているから、窮屈には感じない。

　この三分の二ほどが食堂で、二人席と四人席が左右に振り分けられた計三十席。どの席にも窓があって、食事をしながら景色を楽しむことができる。各テーブルの窓上にはランプが備え付けてあるから、ディナータイムは優雅な雰囲気だ。景色や宵闇に飽きたら、ウェイトレスが飾ってくれた季節の花を愛でるといい。これも各テーブルにあるだろう。

　店の突き当たりを見てごらん、酒瓶が並んだカウンターがあるだろう？　あの奥が厨房で、幅二メートル、奥行き六メートルほどと窮屈ながら、そこで作られる料理はホテル並みと評判なのだ。

　その片隅は廊下になっている。この先が入口だが反対側にもうひとつあって、こちらは直接食堂に入る格好だ。

一方が入口で、もう一方が出口だと思ったかい？

そうではない、どちらからも客が出入りするのだよ。入口がふたつあるなんて、変だろう？


利用する際には、時間に注意しておくれ。定食は三交代制で、昼は午前十一時から四十分、夜は午後五時から五十分の制限時間を設けている。

時間に縛られずに過ごしたければ、定食は諦めなさい。一品料理の時間なら、食事だけでなく喫茶、バーとして利用することができるから。

ただ、案内される順番は決まっている。政財界のお偉いさん、官僚や重役や金持ち、庶民は最後で早い者勝ちだ。恨みたくなる気持ちもわかるが、そういう時代だと理解してくれ。


そんな店がどこにあるのか？　それは困った質問だね。

これから語る昭和八年ならば東京、横浜、名古屋、大阪から神戸。そこから西は下関や長崎、鹿児島まで。北に目を向ければ仙台や青森、函館に札幌、稚内まで。金沢に新潟、日光や鳥羽、出雲大社の近くにまで来てくれる。


あるんじゃない、来るんだよ。

どうやって来るかって？

それは……見てごらん、ちょうどやってきた。

……おや？

あなたは運がいい、風変わりなコックに会えるかもしれないよ。折角だから、ちょっとお邪魔してみよう。


黒光りする巨大な罐《かま》が濃尾平野《のうびへいや》の水田を西から東へ切り裂いた。遥か遠くの山裾にまで広がっている若苗を、高速回転する大車輪、吐き出される高熱の水蒸気、鞭打つリンクが軽快に威圧する。

この蒸気機関車なる代物に連なる客車四両は、四人一組の箱型座席が並んだ車内に庶民を押し込む三等車。

組んだ足をポンと投げ出す不届き者を、相席客が煙たがっている。車掌が来れば説教される子供のように脚を行儀よく揃えるが、過ぎてしまえばまた、ひょいっと投げ出してしまう。

一両空けて、二等客車が二両。転換椅子にゆったりと身を委《ゆだ》ねる姿から、気持ちと金銭の余裕が垣間見える。何せ、三等の倍するからね。

それなりに地位ある人ばかりではなく、近頃は朝鮮や満州で稼いできた成金と呼ばれる連中が増えている。長らく利用してきた客や二等車専属のボーイらは、彼らの尊大な態度に怪訝な顔を覗かせていた。

最後尾を務める一両が一等車。料金は三等の三倍だが、二等と違って金さえ払えば誰でも乗れるものではない。それなりの地位があって初めて乗車できるのだ。

そういうわけで、贅の限りを尽くした個室も、肉厚のソファーが整然と並ぶ豪華な展望室も閑散としており、一等車専属のベテランボーイも退屈そうに佇《たたず》んでいる。
一等車の一番後ろ、展望デッキに絵入りの丸看板が提《さ》げられており、そこには「つばめ」と書いてある。
これが昭和五年に誕生した特急燕。東京~大阪駅間を、それまでの特急より二時間二十分も短縮する八時間二十分で結ぶ、鉄道省が誇る韋駄天列車だよ。三等級すべてが揃う特急も、これが唯一だ。

話が長くなって、すまなかったね。それじゃあ、さっき飛ばした客車を案内しよう。

ここは列車食堂。

定食の時間が終わり、まかないを済ませた昼下がり。コックだけが厨房にこもり、他の従業員は適当な席について、食休みを取っていた。
「夕方の定食も予約でいっぱいだろうなぁ」

パントリー（食器洗い配膳人）のひとりが溜息のようにつぶやくと、もうひとりが堪《たま》らず溜息を漏らした。

「わかっていて忙しいならいいですよ」

ふたりのウェイトレス（給仕）が彼らを笑顔でなだめて、「ねえ」と顔を見合わせた。当初はウェイターだったが、男手が足りなくなってきたのと、やらせてみたら評判がいいので、多くの列車食堂に女性が進出している。

「そうそう、予約のない一品料理客が並ぶのが一番大変だ」

面倒な計算が無事に終わり、丸縁眼鏡の向こうで安堵の顔を見せるのはレジ（勘定方）。しかし、まだ少し懸念が残っているようで、

「それに今日は……」

と、五人揃って厨房の方を不安そうに覗き込むと、微かな気配を背後に感じて、全員が一斉に立ち上がった。

「いらっしゃいませ！」

薄いコートを羽織った眼光鋭い男と、疎《うと》ましそうに口を尖らす二十歳《はたち》に満たない青年が、二等車側の入口に立っていた。

案内する間もなく男が青年を席に着かせると、すかさずメニューを求めてきた。緩みきったところに突然の来客、それも少し怪しい様子のふたりに皆が浮足立っている。パントリーが厨房に戻り「お客です」と声を掛けたが、コックは呑気にコーヒーを淹《い》れていた。

若いコックは「ええっ？」と素っ頓狂な声を上げると、麻布《ネル》をギュッと握ってコーヒーを絞り出し、一気に煽《あお》って飲み干した。

何度見ても慣れないコックの悪癖、熱くないのかとパントリーは呆れ顔である。コックが石炭レンジに投炭し、火を強めてから食堂の方を覗いてみると、コートの男がぺこぺこしながら青年にメニューを勧めている。

妙な様子のふたりであったが、コックは一切気にしていない。天皇陛下が来店したわけでもあるまいに、料理の前では身分の上下や垣根など関係ない、とでも言いたげである。今の時間からして、お茶か軽食が注文されるだろうと予想を立てて、コックはコーヒーカップを取り出した。

「シチューードビーフ、おひとりさん」

目を見開いてカップを仕舞った。

「あとコーヒー、おひとりさん」

目を見開いたまま、再びカップを取り出した。そしてコックは誰にも聞こえないように、

「参ったな……」

とつぶやいて、弱火にかけている寸胴鍋をゆっくりと掻き回していた。

パントリーがコーヒーを淹れ終わってもコックは険しい目つきで鍋を掻き回し、不透明な琥珀の沼でゴロゴロと肉や野菜を漂わせている。

ウェイトレスに「シチューはまだですか？」とせっつかれて、ようやく慌てふためき目を泳がせながら、それをスープ皿に盛りつけた。

コーヒーはコートの男、シチュードビーフは青年の前に並べられた。重厚にして定

期的な振動を受けてコーヒーは微かに波打って、シチューは期待にふるふると震えている。従業員たちは平静を取り戻していたが、コックだけが険しい表情を保ったまま、じっと食堂を見つめている。

シチュードビーフを口につけた瞬間、青年の眉がピクリと跳ねると、コックは両手で顔を覆って静かに悶えた。

コートの男がすかさず手を挙げる。

男の小言を聞いたウェイトレスは、シチュードビーフを厨房へと下げてしまった。

青年は、申し訳なさそうに困惑している。

全従業員が怪訝な顔をして、下げたシチュードビーフを取り囲む。列車食堂の緊急事態である。

「味が変なようだから下げてくれ、と仰《おっしゃ》られまして……」

「昼に出したときは、変な味どころか美味《うま》いと言って頂けたぞ？」

皆が一斉にシチューを指につけて、味を見る。

「変な味……するか？」

「そもそも私たち、毎日ここにいてもシチューは滅多に食べませんね」

「でも、あのお客は我々よりさらに食べる機会が少ないだろう。きっと何かあるんだよ」

コックの膝から力が抜けて、カウンター下へと萎《しな》びていった。

「あんた、また何かやったのか！」

驚愕のあまり絶叫したのはレジである。コックは力なく立ち上がり、萎《しお》れた顔で弱々しく告白を始めた。

「半端に残っていた赤ワインがあったので入れた。夕定食の時間に合わせたため、煮込みがわずかに足りなかったのだ」

揺れる車内で規定量のワインをグラスに注げなかったパントリーは、肝を縮ませ視線をそっぽに投げていた。余りをこれ幸いと鍋に入れたのはコックである。

「毎度毎度勝手な真似をして！　勘定が合わなくなったら、あんたどうしてくれるんだ！」

レジの剣幕と鬼の形相に、コックはぺこぺこと頭を垂れて腰を折り、必死に弁明を繰り返す。

「そこは合うようにしている、ちゃんと計算しているのだ、勘定は狂わないから、ね、ね」

計算が合っていれば文句はないと、レジは唇を固く結んだまま続く言葉を飲み込んだ。しかし、ここは食堂だ。金さえ合っていれば、それでいいわけではない。状況を動かさなければと口を開いたのは、コックのお陰で命拾いをしたパントリーのふたり。

「で、どうしますか？」

「煮込みが仕上がるまで待ってもらう？」

「出したコーヒーが冷めるまで待たせることにならないか？」

「おかわりのコーヒーをお出ししましょう！」

「そういう問題じゃないんだよなぁ」

侃々諤々《かんかんがくがく》の流れを断ち切ったのは、この問題の根源たるコック自身。石炭レンジの前に立ちフライパンを強火にかけると、一体何を始めるのかと皆の注目が集まった。

スープ皿にライスを盛り付け、フライパンに手をかざし温度を確かめる。頃合いだ、と顔をわずかに緩めると、ベーコンを二枚焼き始めた。

脂が溶けて弾ける音、立ち上る肉の香りに従業員一同が思わず魅了された。が、この先の展開を空想し、一瞬にして薄氷が張った。

ぐったりと横たわっていたベーコンは、熱さに耐えかねて隆々と起き上がる。

これで終わりと思うなよ、そう容赦なく裏返すと香ばしい焼き色が露わになって、コックは不敵な笑みを浮かべた。

ベーコン自身から溶け出した脂によって、両面とも揚げ焼き状態になっている。弾ける脂の隙間を縫って、今にも白旗を上げそうだ。

コックは、生卵をひとつ取り出した。

厨房にうっすら漂う緊張感は、音を立てて弾け飛び、辺り一面に撒き散らされた。

「ちょっと待て、あんた正気か！」

「やめろ！」

「何やっているんだ！」

青年は騒がしい厨房の様子を案じつつ、コートの男が浮かべる得意げな笑みに、ムッツリとむくれていた。

「シチュードビーフは、あのままで構いませんでした。食堂に迷惑です」

「いいえ、些細なことでも異変があれば対処するのが、私の務めです」

「今日だって、ひとりで帰ってよかったのです。それをわざわざ、神戸で待ち構えなくとも……。私は、もう子供ではありません」

口を尖らせる青年を、コートの男が身体を屈めて、小さいながらも強い口調で諭していた。

「失礼を承知で申し上げます。ご自身のお立場をお考えください。子供扱いしているわけでないことは、おわかりでしょう」

青年は返す言葉が見つからず困っていると、やめろ、正気か、気は確かか、の大声援に見送られ、コック自ら給仕にやってきた。

「ハチクマさん！」

ウェイトレスの悲鳴むなしく、コックはふたりの前で立ち止まり、屈託なく微笑んだ。

「シチュードビーフは仕上げ前でございました。そのようなものを提供してしまったこと、誠に申し訳ございませんでした。代わりのお食事をご用意させて頂きました。お詫びも兼ねて、お代は結構でございます」

青年の前に並べられたのは、ベーコンエッグが乗ったライスと、小鉢に注がれた醤油である。

憤怒を露わにコートの男が立ち上がると、厨房近くで様子を覗っていた従業員たちは、身の毛がよだち震え上がった。青ざめたコックの額には、汗がじっとりと浮かんでいる。

やってしまった。このコックはしばしば、後先考えず突飛な行動に出て、今のように後悔する。これが風変わりだと呼ばれる所以《ゆえん》で、コック自身も従業員もよく知る弱み。笑って済むことも時折あったが、今回ばかりは裏目に出ている。従業員一同は、列車食堂万事休すを覚悟した。

一方、青年は張り詰めた空気の中でぽつねんとして、不思議そうな顔で粗末な料理をじっと見つめていた。

「お好みで醤油をどうぞ」

微かに震えるコックの勧めに従ってベーコンエッグに醤油をかけると、薄くまとった脂に弾かれてスルスルと滑り落ちていき、こんもりと盛り上がった卵の山に赤い足跡を残していった。

中心めがけてスプーンを入れると、半熟の黄身が点々と留まる醤油を飲み込んで、蒸されて甘味を蓄えるライスへと染みていく。艶やかなライスの白い丘は、菜の花色に彩られた。

カリッと踊るベーコンとプリッと盛り上がる白身、とろりとした黄身をまとったライスをひとまとめにして口に運ぶ。

凝縮された肉の旨みが舌から鼻へ、脳天にまで突き抜けようとした。それを黄身が濃厚な甘味をもって抑え込むと、ふたつの味が争わないよう白身が淡白に間を取り持つ。下支えするライスが塩気も脂も強い甘味も、ほのかな香りでふんわりと受け止める。それらすべてを、隅々にまで染み込んだ醤油がキリリと引き締めていた。

一口、また一口と味わってから青年は問いかけのために口を開いた。

「どうして私にこれを？」

「シチュードビーフの煮込みが足りないのは、ほんのわずかでございました。私の出来心で半端の赤ワインをほんの少量入れたのですが、それに気付く鋭い舌の持ち主では、何を出しても陸《おか》の洋食屋には敵いません」

ポカンとするコートの男をよそに青年は言葉を嚥下《えんげ》して、ふんふんとうなずいている。

「何か召し上がったことのないものが良いのでは、と思いましたが……如何でしょうか」

「うん、ベーコンエッグとご飯の味です」

身も蓋もない感想に、従業員一同がズッコケそうになる。撒き散らされた緊張は、一体どこへ行ったのやら。

「でも、確かに初めて食べました、面白い料理です。これは何という料理でしょうか」

「ハチクマライスという、まかないです」

「まかないだと？　貴様！」

厳《いか》めしく立ち上がったコートの男を、青年が手の平ひとつで諌《いさ》めた。やはり奇妙なふたりである。

「先ほどハチクマさんと呼ばれていましたが、あなたが考えたのですか？」

「いえ、この料理が列車食堂で生まれたことは確かなようですが、誰がいつ考えたのかはわかりません」

コック、もといハチクマは少し困ったような顔をして、話を継ぎ足す。

「私のような若輩者がコックなどと呼ばれることを、申し訳なく思いまして……」

確かにハチクマは、列車食堂のコックでは一番若かった。青年より少し上、というくらいだろうか。コックを目指して修行中のパントリーと言われた方が、違和感のない年齢だ。

「落語のように八っつぁん熊さんでも構わないと申しましたところ、この料理にちなんでみんなが私のことをハチクマと呼ぶようになりました」

感服した青年は目を見張り、これ以上ない笑顔を満ち溢れさせた。

「簡単に見える料理ですが、ベーコンエッグの仕上がりからあなたの腕前の良さがわかります。これほどの腕を持ちながら客にまかないを出すコックは、この世にふたりといないでしょう。あなたは面白い人だ！」

青年が湛《たた》える菩薩のような微笑みは暖かな陽射しとなって、列車食堂に張り詰めていた薄氷を溶かしていった。


コートの男が支払う間に、青年が首を伸ばして厨房の奥を覗き込んだ。用があるのは、もちろんハチクマである。

「ハチクマさん、ご馳走様でした！」

厨房の奥で定食の準備に勤《いそ》しむかたわら、ハチクマは青年に軽く会釈し笑顔を返した。挨拶さえもままならない忙しさである。

「あと、これをハチクマさんに渡してください」

青年は小さな手紙をレジに手渡し、二等車の方へと立ち去っていった。

レジからそれを受け取ったパントリーは、ハラリと開いた手紙の一文が目に飛び込むと、血相を変えて「ハチクマさん！」と声を掛け、夜戦の準備を中断させた。

ハチクマ様

本日は珍しいものを供してくださり
ありがとうございました。
私のことを特別扱いなどせず
普通に接してくれたことが嬉しかった。
分け隔てなく接して頂いた方は
あなたが初めてでした。

私も、あなたのようになりたく思います。

住所を書いておきますので
近くに寄る機会があれば遊びに来てください。

「おい！　ハチクマいるか⁉」

車掌が血相を変えて飛び込んできた。厨房に首を突っ込み、興奮気味かつ一方的に喋り出す。

「今日の一等車なあ、ボーイが接待しながら色々と話し掛けても天気の話ばかりだそうで、どこのどなたかわからなかったのよ。ついさっき、ようやく名前をお申し出てくださったのだが、何と宮家の殿下よ！　定食を予約されていないから、その後の一品料理でいらっしゃるかもしれないぞ。失礼のないよう頼むよ、宜しくなあ！」

手紙に記された住所は宮家の邸宅、そして殿下の名前で締めくくられていた。

腰を抜かしたハチクマはすっかり呆けて、厨房の床にべったりとへたり込んでしまった。

ハンバーグ

銀座にできたハンバーガーショップに行きたい、と言ったのは母だった。昭和四十六年のことである。

まだ五十代という若さだが、俺が産まれた直後に父が戦死し、女手ひとつで俺を育て上げるなど若い頃の苦労が多かったのと、去年初孫ができたせいなのか、年齢の割に落ち着いている。

これまでは、どこかへ食事に行こうかと尋ねると、割烹《かっぽう》や中華料理など、ゆっくり食事ができる店ばかりを希望していた。

まだ若く元気なのだから、ハンバーガーを食べたいと言っても不思議ではないのかもしれない。が、息子の俺にとっては意外すぎる要望だった。

デパートの一階に収まったアメリカ生まれのその店は大盛況で、母はひたすら興奮気味に「凄いのね」と繰り返し、月の石でも見たかのように瞳を輝かせていた。いつも穏やかに微笑んでいる人で、妻はもとより息子の俺でも、こんな顔は見たことがない。

包み紙を開いて、しげしげとハンバーガーを見つめると「懐かしいわ……」とつぶやいたので、俺は思わず身を乗り出して、

「母さん、食べたことあるの？」

と尋ねると、首を横に振り、

「食べたことはないの。でも……」

と、ハンバーガーの隙間に挟まった思い出を母は見つめた。

＊

昭和九年十二月一日。

十六年もの歳月と六十七名もの犠牲を払って、熱海～三島駅間に悲願であった丹那トンネルが開通した。

天下の険《けん》・箱根を迂回していた東海道本線は国府津《こうづ》～熱海駅間の熱海線を取り込んだ上、これに合わせて移設された三島駅経由に変更された。同時に従来の国府津から山北、御殿場、沼津回りの線路は御殿場線として独立している。

同時に拡大する需要に応えるべく、一等と二等のみで編成されていた特急富士に三等車が、三等のみだった特急櫻には二等車が連結された。

特急燕も三等客車を二両増やした十両編成で運転されたが、距離短縮と勾配緩和により東京～大阪駅間の所要時間は八時間にまで短縮された。

しかし長大トンネルに蒸気機関車では、乗務員も旅客も窒息してしまう。

東京駅から国府津駅までだった電化区間は沼津駅まで延長され、この区間における旅客列車牽引は、すべて電気機関車に置き換えられた。

それはわずかな時間を惜しむが故、電化区間も蒸気機関車で運転し、機関車交換を名古屋駅だけに絞っていた特急燕も例外ではなかった。

またこれを期に、型落ちだが高速にして信頼が厚いため、運行開始から使われてきたC51型蒸気機関車が、特急燕から撤退したのである。

このトンネルの開通は、東海道に大変革をもたらしたのだ。


神戸駅。

昼の発車に備えてテーブルを飾り付けている私が新米ウェイトレスだと、車掌が気付いた。含み笑いをしながら近づいてきた車掌は自慢げに、

「今日の汽車は凄いんだ」

と、胸を張った。

私は何が凄いのかわからず「はぁ」と生返事をすると、機関士に弁当を持っていくようハチクマさんに頼まれた。ついでに汽車を見てきなさい、ということらしい。

確かに驚かされた。

巨大な車輪の上に筒型の罐《かま》がズドンと載っている姿を想像していたが、それは鯨かナメクジの化け物のような、ぬめっとした形をしていた。流行りの流線型というやつだろうが、目の前にそびえる真っ黒な壁に圧倒されて、私は危うく本来の仕事を忘れかけるところだった。

「機関士さん、助士さん、お弁当をお持ちしました」

「おっ、今日は別嬪《べっぴん》さんだがね。すまんのう」

「凄い汽車ですね」

「他のはワルシャート式弁装置ちゅうてシリンダーが二つなんだが、こいつはイギリスで開発されたグレズリー式弁装置ちゅうのが前に付いとって、シリンダーが三つあるんだわ。よう走るし揺れんのよ。特急富士や櫻ではとっくに使っとった罐だが、丹那トンネルができたお陰で、超特急燕にも使うことになったんだわ。こいつで燕を牽《ひ》く日を、どんだけ待っとったことか」

キョトンとした私の顔に、答えを間違えたことに気付いた機関士は、取り繕うように話を続けた。

「そんな罐でも、この形はこいつ43号機ひとつだ。お嬢さん、ついとるわ」

社交辞令的に「いい汽車なんですね」と言うと、機関士も機関助士も「うん、まぁ……」と言葉を濁し、もうじき発車だから乗るように、と逃げるように話を打ち切った。

私が三等車から乗り込んで食堂車に向かっている間、

「今日のウェイトレスは美人だ」

「後で食堂車に行くよ」

「待っていてね」

などと軟派たちに声を掛けられて、終始困惑させられた。

立ち去る前に一礼しよう、そう思って仕切り扉に背を向けると、軟派たちは首を垂らして財布の中身を確認していた。

「どうだったかい？」とハチクマさんに尋ねられた私は、「凄かったです」としか答えられなかった。形が違えど汽車も電車も皆同じに思えてよくわからない、というのが本音だった。

「あの七五三っていう汽車……」

「C53だよ」

という私とハチクマさんのやり取りで、食堂車が笑いに包まれた。


運転台は灼熱地獄である。甲組と呼ばれる特急を担当する機関士・機関助士には、火力の強い練炭が与えられた。強烈な熱量が膨大な蒸気を生み強大な出力を産み出すのだが、それと引き換えに目の前のボイラーと投炭口からの凄まじい熱に襲われる。しかも、この流線型機関車に限っては、空気抵抗低減のため運転台と炭水車の隙間が幌で密閉されており、熱の逃げ場がどこにもない。

機関士・機関助士ともに顔を歪ませているが、それは暑さと汗のせいだけではない。重大な懸念がひとつあって、祈る気持ちがそうさせていた。

さて、食堂車である。

昼の定食客がいなくなり、一品料理の案内に出ようと、新米ウェイトレスの私はチラシを持って一等車に向かおうとした、その瞬間。

反対側の三等車から、待っていましたと言わんばかりに精鋭たちがなだれ込み、あっという間に席を埋めてしまった。軽口を叩きつつ目を皿のようにしてメニューを見ては、なけなしの金で注文できる料理を探している。

一等、二等が優先だから追い返そうと思った途端、節操なく一斉に注文するものだから為す術もなく、下げた皿を洗う暇もない。彼らの予算に叶ったものが飲み物や軽食など、すぐに済むものばかりだったことだけが唯一の救いであった。

三等客が満足そうに自席へ帰った頃には、京都駅。神戸駅を発車してから、まだ一時間ほどしか経っていないことが信じられない怒濤の忙しさである。

しかし、発車時間になっても列車が動かない。

何があったと首を傾げていると、都合よく車掌が食堂車に飛び込んできた。

「機関車が動かなくなった。別の機関車で後ろから押して動かす」

とだけ言って去ろうとしたので、ハチクマさんがすかさず、「何でだい？」と呼び止めた。

「死点といって、三つのシリンダーが変なところで止まって固まったんだ。車輪を転がせばシリンダーも動けるところに……ああっ、もう急ぐから詳しい話は後で！」

すると隣の線路を古めかしい汽車がチャカポコと走ってきた。玩具のようで何とも頼りないが、ちょっと押すだけなら十分なのだろう。

テーブルの皿を片付けていると、微かな衝動を感じた。続けて汽笛が鳴ったので、ポンコツ玩具の準備が整ったのだと思われる。

車掌が再び現れて「すまん、ハチクマ」と声を掛けた、その瞬間。

限界まで蓄積された高圧蒸気が、踏ん張っていたピストンを突き動かした。連なるリンクが狂ったように鞭打って、目にも留まらぬ勢いで大車輪を回転させ、レールをえぐり火花を散らせた。

機関士による必死の操作で何とか地に足をつけたものの、暴れ牛と化したC53は鼻息荒くレールを蹴り上げ、巨体を激しく震わせた。

連なるだけの客車たちに抗《あらが》う術《すべ》はない。列車は激しく揺さぶられ、レールの上で打ち上げられた鰻のように跳ね回る。

厨房のハチクマさんがカウンターに隠れて見えなくなると、私の視界が車窓のように高速で流れ始めた。

食堂に甲高くけたたましい悲鳴が響き渡る。

手すりを掴む車掌を除いた私たちは、床をゴロゴロと転がって、身体をあちこちにぶつけ、ついには力なく突っ伏してしまった。

呆気にとられた車掌が我に返り、

「怪我はないか！」

と絶叫すると、ところどころから、

「……大丈夫……」

と、うめき声が聞こえてきた。

大丈夫ではないものの、職場で寝ている場合ではない。私は身体を起こして目を凝らすと、私の周りに阿鼻叫喚の地獄絵図が一面に広がっていた。

粉々になった皿が、床に散乱していた。悲鳴を上げていたのは、人だけではなかったのだ。

「皿を抑えていなかったか……すまん」

命よりも大事だと蓋した鍋に被さって、冷蔵庫の扉を足蹴にしていたハチクマさんは、車掌の首根っこを片手で掴んで修羅のごとく睨みつけた。

「……挽き肉にする気か……」

「すまん、本当にすまん。皿の手配の投げ文は、こっちでやっておくよ、本当にすまん、ごめん」

車掌が震える声で言ったので、ハチクマさんは唇を噛み締めつつ車掌を釈放した。

誰ひとり怪我をしていなかったのは不幸中の幸い。とは言え、三等客に出した卓上の皿が食堂の床を、積み上げることしかできなかった定食客の皿が厨房の床を覆っている事実は、悲惨にして不幸な状況であった。食器棚と流しに無事なものがあったものの、ほんのわずかな数しかない。

新しい皿を積み込めるのは名古屋駅、到着は二時間ほど後である。

総出で破片を片付けていると、二等車の方で紳士が入店を躊躇しているのに気が付いた。

「これは……えらいこっちゃ。私は座っとったから無事やったけど、あんたら大変やったなぁ」

「ちょっとお待ちください！　もうじき終わります！」

そうハチクマさんが声を上げると従業員は皆、耳を疑った。この状態で店を開けるのかと、目を見開いて狼狽してしまう。

「もう昼飯時じゃない、きっと大丈夫だ」

ハチクマさんはそう言うが、本当に大丈夫だろうかと、皆が眉をひそめた。

お待たせ致しました、と席に案内するなり紳士は期待に胸を膨らませて、揉み手をしながら注文をした。

「ハンバーグをパンで」

皆が蛇に睨まれたように固まった。全身に視線が刺さったハチクマさんは、後に続かなければ大丈夫だ、と皆に無言で返事をしたが不安は募るばかりである。

そう思った矢先、二等車の方からぞろぞろと客がやってきた。先ほどの三等車集団による占領を見て、出直そうと思っていたそうだ。

事情を説明すると、あれはひどかった、それは災難だ、と納得してもらえたが、空腹に敵うものはなく、誰ひとり立ち去ろうとはしないのだ。

パントリーとレジの三人は皿を洗い、布巾《ふきん》で水気を拭《ぬぐ》いつつ、命拾いした皿の数と種類を確認している。私たちウェイトレスは、皿の準備で提供に時間が掛かることを添えて注文を取る。そんな様子にハラハラしながらハチクマさんは、先に注文の通ったハンバーグの準備に取り掛かっていた。

先輩のウェイトレスが、淡々と注文を通す。

「カレーライスおふたりさん、ハムライスおひとりさん、チキンライスおひとりさん」

客が皆、事情を察して皿一枚で済むものを注文してくれたことにハチクマさんはホッと顔を緩めていた。

しかし、皿洗いを終えたパントリーとレジは、残酷な通告を行うのだ。

「……席の分しか、使える皿がありません……」

そこへ説得しきれなかった私が、死刑宣告でもするように注文を通す。

「……チキンカツレツとパンおひとりさん、シチュードビーフとパンおふたりさん、フライドフィッシュとパンおひとりさん……」

みるみる青ざめる厨房の様子が、次第に霞もうとしていった。

「すまないが全員、一皿で済むものに変えてもらうようお願いできないか」

「でも、もうハンバーグが通っていますので」

「しかし皿が足りないんだぞ。変えてもらうか、待ってもらうかしないと」

血の気が引いたパントリーに小声で懇願されたものの、私は食堂と厨房の板挟みになり困惑するしかなかった。瞳を潤ませているものが、今にも溢れてしまいそうだ。

奥歯をギリギリ噛み鳴らした末にハチクマさんは、石炭レンジ下部のオーブンに、ハンバーグをフライパンごと突っ込んだ。

フライパンふたつを石炭レンジに載せたハチクマさんは、丸パンを横一文字に切ってしまった。フライパンの一方でハンバーグソースを弱火で温め、もう一方では横一文字に切った丸パンの切り口を焼き始めた。

ソースがトロトロに煮詰まると、ハンバーグをオーブンから取り出して、ソースをまんべんなくまとわせる。

一枚の皿に丸パンの下、煮詰めたソースを絡めたハンバーグ、丸パンの上の順に積み上げて、最後の仕上げに付け合せを添えた。

ハンバーグの変わり果てた姿に、私も皆も開いた口が塞がらない。するとハチクマさんが、私にこっそり耳打ちをした。

「チキンカツレツとフライドフィッシュも、これと同じにするつもりだ。客が怒ったら私が行くから、すぐに呼んでくれたまえ」

「……シチューもパンに入れるんですか?」

恐る恐る尋ねると、ハチクマさんはパンの上部を器用に削ぎ、中をくり抜き器にすると、ニパッと笑った。

もう駄目だ、ハチクマさんは料理が揃ってさえいれば、それでいいと思っている。

恐らくハンバーグであろう不格好なものを紳士の前に配膳すると、食堂車利用客全員の視線がそれに集中した。


あれは、サンドイッチか？

いいや、そんな綺麗なものではない。

間に挟まっているのは、ハンバーグだぞ？


集まる注目、怪訝な表情、非難の目、募る不安が、私を羞恥の炎で包み込む。

でも、お皿がないんだ。注文は通してしまったんだ。注文品は提供しないといけないんだ。

私は食堂中央で仁王立ちして、整えた呼吸を割れんばかりに吐き出した。

「先ほど申し上げました通り、お皿が足りません！　一品料理とパンでご注文の方には、このように提供します！　注文を変える方はお申し出ください！」

私の啖呵に、食堂が揺れた。


小娘が、何を言っている。

そんな話は聞いていないぞ。

注文を通したのは、そっちだろう。

食堂車の利用を楽しみにしていたのに。

私の食事が、あんな見た目で供されるのか。


声なき声が全身に突き刺さる。でも、私たちの策はこれしかないのだ。たとえ援軍を呼んでも同じことを繰り返すのみ、ひとり当たりに刺さる数が散るだけだ。

しかし紳士は周囲に構うことなく、ハンバーグを上下のパンで挟んだまま掴んで、懐かしそうに見つめていた。その瞳は輝いており、まるで思い出の泉にとっぷり浸っているようである。

「これを、どこで……」

まさかの反応に、私たちの方が驚かされた。

ハチクマさんが苦肉の策で生み出した料理なので、答えに窮してしまっていると、紳士はそれが待ちきれず泉に映った思い出を語り出した。

「四年前、これをアメリカで食べていました。欧米各国の色々な料理を食べたけど、これが一番懐かしい……」

慣れた手つきで上下から押し潰し、豪快に丸ごとかぶりついた。滴《したた》り落ちる肉汁は、ハンバーグがまとう濃いソースと溶け合い生まれ変わった。ハンバーグに留まることが叶わなかったソースも肉汁も、一粒一滴も余すことも逃すこともなく丸パンがすべて受け止めて、その奥深くにまで浸み込ませていった。

また、両手でがっしりと掴み大口を開けて貪《むさぼ》り食う格好が、荒涼としたアメリカの大地で力強く手綱を握り、挑戦的に開拓する男の姿を想起させた。

溢れる肉汁とアメリカの思い出に頭のてっぺんから足の先までどっぷり浸り、微笑みを絶やさず夢中になって食らいつく紳士の姿に、他の客たちが羨望の眼差しを向けていた。

すると、そこかしこから、

「私もあれでいい」

「むしろパンで挟んでくれ」

「同じものに変えてくれないか」

と声が上がって、ハチクマさんは、大慌てでカウンターに丸パンを並べ始めた。

「これを横一文字に切ってくれ、私だけでは間に合わない」

皿不足に理解を示してくれた客へのお礼を、花火大会のように何度も何度も弾けさせていると、列車食堂従業員一同が紳士と私に向かって頭を下げているのが目に映った。

＊

こうやって食べていたわ、と言って母はハンバーガーを両手の平で押し潰した。周りの様子を覗うと、誰も彼も包みを開いて、そのままかぶりついている。そんなことをしている人は、どこにもいない。

「本当に食べたことがないんですか？」

そう妻が尋ねると、「初めてよ」と嬉しそうに言っていた。何とも妙な話に、俺と妻は顔を見合わせずにはいられない。

「昔話よ、私がまだ新米だった頃の。長くなるから、家に帰ってから詳しく話してあげるわ」

ニッコリと笑ってから、ぺっちゃんこに潰れたハンバーガーにかぶりついた。

「うん、美味しい！　こういう味だったのね！」

彼女は、思い出の泉に頭のてっぺんから足の先まで、とっぷり浸っていた。

ポークカツレツ

食堂車に乗ることになりました。そう挨拶するとコックたちは口を揃えて、
「ハチクマという、とんでもない奴がいるから気を付けろ」
などと警告するので、どんなコックなのか尋ねてみると、本当に、とんでもないコックだった。

滋賀は大津の生まれだが、大御所コックに田舎者の滋賀作と馬鹿にされたので、今は郷里の言葉を捨てて奇妙な東京弁で喋っているそうだ。

このホテルに来る前は東京や横浜の小さな洋食屋を転々としていたとかで、腕を見込まれ後継ぎに、と頼まれた途端に辞めてしまう。

自ら志願してホテルのレストランから列車食堂に移ったが、パントリー時代には料

理に悪戯を仕掛けていたという。どんな悪戯かは知らないが、他の者より配膳が遅いのは確かだったそうだ。

しかしハチクマが乗った食堂車は、いつも評判がいい。最初はコックの腕だと思われていたが、調べてみるとパントリーのハチクマが理由だと判明。多くの列車食堂コックの顔を潰して、誰よりも早く異例の若さでコックに取り立てられた。

厨房を取り仕切っている今でも悪戯癖が治ることはなく、しばしば支配人に呼び出されているという。

「だから、巻き込まれないように気を付けろ」

確かに困った変わり者だが妬《ねた》みも大いに含まれているようなので、話半分くらいが丁度よさそうだ。後継ぎに指名された途端に逃げるのは迷惑な話だが、きっと肝が小さいのだろう。

まったく甲斐性のない奴だ、そんな情けないのがコックだとは笑わせる。

「あと、まかないを作らせてくれないぞ」

コックを目指す者として、それは許せない行為だった。思わず眉間や奥歯に力が入ってしまい、話を聞かせてくれたコックたちが尻尾を巻いて逃げ出した。

まかないは、修行中の者にとって貴重な練習の場なのだ。


俺の実家は浅草の小さな洋食屋である。

「俺がひとりで切り盛りできるうちに、外の世界を見てこい」

と親父に言われて、このレストランの門を叩いた。

だが広い厨房、十分な設備、大人数で回しているここは実家と違いすぎる。食堂車ならば狭く限りある設備で少数精鋭、実家の厨房に似ているだろうと思って志願した。

乗ってみてガッカリした。

何故なら、今まで働いていたレストランの厨房で、下ごしらえを済ませたものを積み込んでいたからだ。食堂車の厨房では、仕上げしかしていなかったのだ。

ひとりで切り盛りしている親父の方が、はるかに立派だ。やはり実家で修行していた方が、よかったのではないか。

きっとハチクマという男も、たいしたことはないのだろう。

しばらくして、恐れていた日がやってきた。ハチクマと一緒に、厨房に立つのである。

挨拶の際に、色々と溜まった鬱憤のせいで思わず睨みつけてしまったが、陸《おか》のコックのように逃げ出すことはなく、ずっと笑っていた。

「実家は浅草の洋食屋だというね。君で一体、何代目になるのだろうか」

こんなのは東京弁じゃない、本を読んでいるような喋り方で気味が悪い。そう思いつつ、「三代目です」と答えると、すぐに三代目と呼ばれるようになった。

馬鹿にしているのかと思って奥歯を噛んだが、奴はへらへら笑っていやがる。だいたい、まだ二十歳を少し過ぎたくらいじゃないか。こんな軽薄で威厳のないコックなど、認めてなるものか。

「ポークカツレツ、ライスでおひとりさん」

調理にしたって、あり得ないことばかりだ。

箱に仕舞ってある豚肉に、半端の白ワインを振りかけてあった。箱からカツレツ用の豚肉を取り出すと、厨房いっぱいにワインの香りがぷぅんと漂う。

その半端を作ったのは、列車の揺れでうまく注げなかった俺なのだが……。

パン粉は小さな箱ごと氷冷蔵庫に入れてある。何の意味があるのかさっぱりわからないが、とりあえず食材の配置がめちゃくちゃで、効率が悪そうに見えて仕方ない。

俺がキャベツを切っていると、ハチクマが声を掛けてきた。

「腰の一方を台に押し付けたまえ」

カッとなって力任せに押し付けていると、上手い上手い筋がいいなんて、おべんちゃらを言ってきやがる。褒めたって何も出やしないぞ。

井戸端じゃあるまいし、カツレツを揚げながら話し掛けてきやがった。

「食堂車は一等車と同じ三軸台車を履いているから、二軸台車の二等、三等に比べると横揺れは少ないだろう。縦に跳ねるのは、やむを得ないが……ちょっと手を止めてくれ」

列車は分岐器《ぶんぎき》を高速で通過し、ドシドシと横に揺れた。

「……うん、もういい。分岐器だけは敵わないな。これだけは景色や列車の状態で覚えるしかない」

そう言いながらカツレツを引き上げたが、他のコックより早い。きつね色とは、こんなに黄色いのか。それを油切りのバットに立てると、俺の様子を覗いてきた。

「ふわぁ、糸のように細いキャベツだ！　これは凄い」

コックのクセにこれくらいできないのだろうか、それとも俺のことを三代目のお坊ちゃんだと舐めているのか、とにかく見え透いたお世辞は、たくさんだ。

放っておいたカツレツに包丁を入れているが軽々とした様子で、枯れ草を踏むような音がした。俺が刻んだキャベツの丘に立て掛けて、完成である。

「カツレツ美味かったよ。黄金色の衣なんて、なかなかお目に掛かれないな」

食べ終わった客から、そんな声を掛けられた。

そう。悔しいが、やはり美味そうなのだ。

そろそろ昼飯にしよう、と言ったハチクマは石炭レンジの前から離れなかった。噂通り、パントリーにまかないを作らせないらしい。

レジやウェイトレスはともかく、相方のパントリーまで嬉しそうに目を輝かせていやがる。こいつは皿洗いで一生を終えるつもりなのだろうか。

多くの厨房がガス火になっている中、列車食堂ならではの石炭レンジを使いこなせても、親父の店では役に立つとは思えない。

しかし強力な石炭火力を用いて上部の鉄板コンロと、下部のオーブンを一緒に熱する合理的設計には興味があった。

鍋自体をずらして火力調整をするコンロは取り扱いが難しそうだが、使ってみたい気持ちもあった。

そんな厨房に立てないことを思うと、苦々しくて仕方ない。

指をくわえて爪を噛む俺をよそに、ハチクマはカレーライスを人数分とポークカツレツを一枚用意し、カレーの上にカツレツを数切れ載せていた。

これがハチクマのまかないである。

「うわぁ、これは凄いですね」

「高くなってしまい申し訳ない、一度やってみたかったのだ」

列車食堂従業員をひとりずつ教えて指を折る。パントリーとウェイトレスがふたりずつ、レジ本人とコックのハチクマの計六名。

握った片手と折った親指を見て、レジとウェイトレスが顔を見合わせ、悪戯っぽい声をハチクマにかけた。

「ハチクマさん。ポークカツレツの値段は、六で割り切れませんよ」

「勝手に高くしてもらっては困ります。ここはハチクマさんのおごりじゃないですか？」

ハチクマはギクリとして、

「わかった、すまない、カツレツ代は私が出す、もう作らない……」

と、しょげた。

まったく、甲斐性のない奴だ。

さて、カツレツである。

さっきと同じように、全体にまとった細かいパン粉はキリリと立ち上がり、黄金色に煌めいていた。衣にまとわりつくはずの揚げ油は少なく、サクサクとした軽い歯触りだ。豚肉は柔らかく仕上がっており、歯を立てて噛みつく必要などはない。咀嚼《そしゃく》するたびに旨みが湧き出して口いっぱいに広がった。カレーが染みた衣はふわふわ、もちもちとして独特の食感だ。そのカレーは香り高く、深いコクがある。

これは一体何だ、どうしてだ、どういうことだと思いつつ夢中になって食べていると、秘訣も秘密もわからないまま、いの一番に平らげてしまっていた。

「三代目がずっとポークカツレツを作る様子を見ていたから、食べてもらうのが一番だと思ってね。君は凄い、技術があるだけではなく研究熱心だ」

我慢に我慢を重ねていたものが、とうとう堰を切った。

「このカツレツは何ですか！　何故ワインを肉に振りかけ、パン粉を冷やしたんですか！」

ハチクマは困った様子で答えた。レジが睨んでいるからである。

「豚が酔っ払って柔らかくなると思ったのと、パン粉は冷やすと固くなってサクサクになると思ったので、ワインの半端が出たからやったのだよ、そうでもなければやらないよ」

仁王のように睨むレジと目が合って、ハチクマは震えていた。

「揚げてからバットに立てていたのは、何故ですか！」

「余計な揚げ油を落としたかったのだ、揚げ油を食べさせるわけではないからだ」

「すぐに配膳させなかったのは何故ですか！」

「真ん中への火入れは余熱に任せようと思ったのだ、その方が何となく旨そうではないか」

ハチクマは、金銭にかかわる質問でなければ、冷静に回答できた。レジの顔色をちらりと窺ってみると、人間らしい真顔に戻っている。

「あと、このカレーには何をしたんですか！」

「コーヒーを淹れたら余ったから入れた。カレーライスにコーヒーは合うだろう？

余りだよ、余りだって」

レジが閻魔のように睨んできたので、しどろもどろになってきた。今にも命乞いを求めてきそうである。

「じゃあ、これは！」と、俺は皿を掴んだ。

「カツレツにカレーを掛ける方が好みだったかね？」

「そうじゃなくって！」


興奮しすぎて、うまく言葉が出なくなってしまった。何度か深呼吸を繰り返し、気持ちと言葉を整理してから口を開いた。

「何故、我々パントリーにまかないを作らせないのですか」

「私がこれを作りたかったためだ。君には、作りたいものがあったのかい？」

「作らせてください！」

再び頭に血が上り、声を荒らげた。

息を切らせてまでした訴えに皆のスプーンが止まり、食堂車には俺の荒い呼吸と、低く重たい車輪の音だけが規則的に響いていた。

ハチクマは眉をひそめると俺を真っ直ぐ見つめて、諭すようにゆっくりと尋ねてきた。

「私は、作りたかったのかを尋ねている。作らされた料理は美味くないからだ。もう一度聞こう、君はまかないを作りたかったのか？」

俺から熱が引いて、とうとう冷え切って凍えそうなほど青ざめた。小刻みに震える唇を必死の思いで動かして、か細い声を詰まった喉から絞り出した。

「……作りたいです」

「そして、君は何を作りたかったのか？」


俺の頭の中は、真っ白になった。

俺は、まかないに何を作ろうとしていたのだろうか。作れる料理はいくつも思い浮かんでいたが、作りたい料理を問われると虚空を漂っているようになってしまい、ただただ気持ちが焦るばかりだった。

「……わかりません。でも、俺は石炭レンジを使ってみたいんです」

それを聞いたハチクマは、ニッコリと笑って俺に頭を下げた。

「そうか、わかった。申し訳なかった」

皆が安堵の表情である。

「でも私も作りたい」

皆の顔が引きつった。

俺も思わず、ギョッとして顔を上げた。

「私には作りたい料理が山のようにある。また厨房にいるときは、いつだって料理を作りたい。君が作りたいときは、メニューを聞いた上で任せよう。作りたくないときは、私に任せてくれたまえ」

天高く、雲の上まで取り囲んでいた石垣が、大きな音を立てて崩れ落ちた。俺を守ってくれている、そう信じていたものは、立ちはだかっていた壁だったのだ。

力強く閉じられた瞼から、大粒の涙がぼろぼろとこぼれ落ちた。

「まかないを作りたいときは、いつでも言ってくれたまえ。ウェイトレスであろうとレジであろうと、いつだって譲ろう。楽しみにしているよ」

レジは顔を引きつらせ、両手を振って丁重に断っていた。

コールドビーフ

東京駅を発車して間もなく、殿下が連れを伴って食堂車にやってきた。厨房奥を覗き込み、コックの顔に破顔して殿下が声を掛けた。

「ハチクマさん、先日はどうも」

ハチクマはただただ恐縮して、会釈するばかりである。

「開店前に申し訳ないのですが、コロッケだけを注文しても宜しいでしょうか？」

「構いませんが、コロッケ……だけですか？」

「ええ、付け合わせはいりません」

間抜けな顔でコロッケを揚げながら、ハチクマはその先日というのを思い返した。

「いつ遊びに来てくれますか、いつなら都合がいいのですか、その日に必ず来てください」

それまでは畏《おそ》れ多くて遠慮していたが、偶然乗り合わせた際にも殿下から言われてしまい、とうとう逃げられなくなったハチクマは、殿下の邸宅を訪問したのだった。

＊

目黒駅からすぐだと聞いていたものの、どちらの出口かわからない。場所が場所だけに、駅員に尋ねただけでも治安維持法違反などで警察に突き出されてしまいそうだ。手掛かりはないものかと見渡していると、浮世絵に出てきそうなモダンガールが颯爽と歩いていったので、きっと侍女《じじょ》に違いないと思って着いていくことにした。

ところがたどり着いたのは、巨大かつ広大な結婚式場、雅叙園《がじょえん》である。こんなところが東京にあるのかと感嘆したが、ここではないと思い直して駅に戻り、反対の出口から真っ直ぐ進むと、いかにもそれらしく厳重に警戒している門があった。

「ハチクマと申します」

警官にあだ名を言うのは妙な気分だが、それで話が通るようにして頂いているそうで、身体のあちこちをポンポン触られてから中へ通された。

整然とした広い庭を横目に進むと、これがモダンの頂点ともいうべき白亜の邸宅が姿を現した。こてこてとした装飾に頼らない、アイロンを掛けたような折り目正しい美しさである。玄関扉には女神だろうか、女性をかたどった窓ガラスがはめ込まれていた。その美しさに言葉を失うとともに、雅叙園のモダンガールの面影をガラスの女神に映していた。

殿下自ら扉を開けてのお出迎えであった。豪邸に不釣り合いな平民的対応に、かえって恐縮してしまう。神々しくも艶めかしいガラスの美女に見とれていると、殿下に注意されてしまった。

「そのガラス戸は、あまり見ないでください。私が入れてしまったヒビがあるのです」

殿下が邸宅の中を案内してくれたが、華美ではないにもかかわらず贅の限りを尽くしていることが一目でわかる内装で、細部に至るまで美しく、ただただ圧倒されるばかりである。

「亡き母の強い希望で建てたのです、アール・デコというそうです」

殿下はハチクマを自室に通し、絵巻物に出てきそうな侍女が持ってきたお茶を手に取ると、

「近頃、物騒だからと苦言を呈されてしまいました」

と、苦笑いした。殿下と約束を取り付ける少し前まで、東京は戒厳令が発令されていたのだ。青年将校によるクーデター未遂、後に言う二・二六事件である。

「半年ほど前ですが、シャリアピンを聴きに日比谷公会堂へ連れていかれました。私は芸術には疎いのですが、彼は歯が弱いそうで、帝国ホテルが柔らかいステーキを作ったそうです」

肉を柔らかくする方法には非常に興味がある。しかし、そんな値段も格式も高いところには入れない。支配人なら行ったことがあるだろうか、今度呼び出されたら聞いてみよう、とハチクマは叱られるような案件がないかと考えた。

「東京オリンピックが決まりましたね。スポーツは見るのもやるのも好きなので、四年後が楽しみです。ベルリンでの前畑には、ラジオの前で手に汗握りました」

食道楽なので、わかるスポーツは競馬くらいだ。その競馬も、ちっとも当たらない。住む世界が違うのと、自分自身が好き勝手放題やりすぎて世間からずれているので、返事に窮してしまう。はあ、へえ、左様ですか、としか答えられないハチクマだった。


すると突然、殿下が緊張の面持ちで尋ねた。

「ハチクマさんは戦地に行かれたことはありますか」

「徴兵検査で肺に影があると指摘されてしまいまして……。申し訳ございません、お国のために奉げられない身体です」

檻の中にいるような固く冷たく苦々しいハチクマの顔に、殿下は唇を噛んでから精一杯の笑顔を作って真っ直ぐ見つめた。

「私は海軍に入ります。大砲を扱って敵艦を沈める勉強をしてきたのです。陸《おか》でハチクマさんの料理が待っていると思えば、長い洋上生活も頑張れます。楽しみにしていますから、この国の厨房を守ってください」

懸命に笑顔を見せてくれる殿下に、悲しい笑顔を返すことしかできなかった。これがハチクマの精一杯であった。

「それと私は苗字を持ちます、家を興すのです。侯爵だなんて余計なものが付いてきてしまいますが、今よりハチクマさんと近しくなれます。だから、この家で会えるのは、これが最後です」

臣籍降下を嬉しそうに語るとは、思いもよらないことだった。しかし特別扱いを疎ましく思い、普通であることを望み、自由な市井《しせい》に憧れる殿下にとっては、真の幸福への第一歩なのかもしれない。人の幸せ、ましてや殿下のような方の幸せを、他人が押し付けることなどできない。

「次に会うときにはカレーを教えてください。超特急燕のカレーを作って、みんなを驚かせてやりますよ」

宮家のカレーの方がみんなは喜ぶとハチクマは思ったが、今日の殿下の様子を考えて、胸に仕舞っておくことにした。

揚がったコロッケだけを皿に載せて差し出すと、殿下はそれを懐紙に挟み手掴みで食べ始めた。これには連れも、目を丸くして絶句している。

「コロッケは、こうして食べるのが一番だと聞きまして。一度、やってみたかったのです」

市井に憧れる殿下らしい笑みがこぼれた。それが肉屋の安いコロッケではなく、食堂車のコロッケというのが、尚更殿下らしいではないか。

コロッケを食べきって手を払うと、殿下は妙な様子で食堂車内を見回した。

「今日は暑くなりそうでしたが思いの外、涼しいですね」

「この食堂車ですが、実は冷房車なのです」

今から二年前の昭和九年、南満州鉄道の特急あじあ号が完全空調の客車を使用して運行開始した。大陸の乾燥した気候と砂塵への対策としての導入であったが、故障が多く苦労しているそうだ。

日本初の冷房車は、この食堂車よりほんの少しだけ早く南海電車が導入した。屋根上に冷房装置を載せたものの、あまりに大きすぎて規程の大きさを超えてしまったので、特認をもらって何とか運行にこぎつけている。

そしてこの食堂車が、鉄道省初の冷房車であった。


横浜駅が近づく頃、殿下は支払いを済ませて踵《きびす》を返したので、

「もう宜しいんですか」

そうハチクマが尋ねると、連れを横目で気にしつつ、悪戯っぽい小声を返してこられた。

「横須賀に行くところなのですが、横浜まで特急で行きたいとわがままを申したのです。余計なものも、こういうときには役に立ちます。取り巻きを撒いて、三等車にでも潜り込んで向かうことにします」

お待ち頂けますか、と殿下を呼び止め、ハチクマは手紙を渡した。

「カレーの作り方とコツを記しておきました。どうぞ、お納めください」

「乗船の楽しみが増えました。ありがとう、ハチクマさん」

見送った殿下の後ろ姿は、やる気に満ち溢れて身震いをしていた。我々も頑張らなくてはと、従業員一同が昼の準備に取り掛かる。

それからは定食の提供、一品料理の準備とせわしなく時が進んだ。皆が立ちっぱなしで、動きっぱなしである。石炭レンジの前に立つハチクマを除いて、冷房の効果で汗が少ないのは救いになっていた。


二等車からドカドカと、いかにも成金という雰囲気の紳士がふたりやってきて、扇子をパタパタ仰ぎながら「満州では」「朝鮮では」に始まる景気のいい話を始めた。それぞれが着ている背広と羽織は身体に馴染まず硬そうに浮いており、つい今しがた買ってきたばかりに見える。

「しかし今日は暑いな。冷たい食べ物はないか」

「コールドビーフというのがありますが」

「凍る？　ビーフ？　いいじゃないか、それをもらおう。あと夏といったらビールだよ、ビールももらおう」

もうひとりは、ふんぞり返ってソワソワキョロキョロしていると、突然正面を向き、くわっと目を見開いて
「ビーフステーキ」

と重々しく宣った。

ウェイトレスが「パンかライスはお付けしますか？」と尋ねると、

「パパパ、パンだ」

と狼狽えてから、またふんぞり返ってソワソワキョロキョロし始めた。

コールドビーフ、つまりは冷たいローストビーフなのだが、きっと初めて見たのだろう。芯が赤いことを不安に思いウェイトレスに声を掛けようとしたものの、何が不思議なのかという顔をされたので、そうかこういうものかと納得することにしたようだ。

フォークなどには目もくれず肉を指でつまんで口に押し込み、「ほうほうふむふむ」

と唸りながらビールを煽って流し込み、その苦さに顔をしかめた。

ビーフステーキを注文した方も、初めて見たのだろうか。そんな使い方があったのかと思わせるナイフ、フォークさばきをして見せて、肩肘張らせて肉を切ってはもぐもぐ噛み、目線を右に左に動かしては、なかなか飲み込まない。ようやく嚥下したと思ったら、今度はナイフとフォークをパンに突き立てた。

コールドビーフの客は、なるほどそのように食べるのか、と目から鱗を落としていた。皿が割れてしまいやしないかとパントリーが首を突き出し、ウェイトレスが食堂に背を向けて肩が震えてしまうのを我慢していると、レジが皆に耳打ちをした。

「どうやらビーフステーキの方が金を出して、コールドビーフの方が買い付けをしたようだね。田舎の家屋敷を売るか担保にして作った金で、株か先物取引で一山当てたようだ。故郷に錦を飾りに行くのだろうな」

なるほど、それでコールドビーフの方が多弁なのかと納得した。代々受け継いだ家屋敷を大金に変えたビーフステーキの方は、何とも複雑な心中なのだろう。

コールドビーフがビールをがぶがぶと飲みながら、割れんばかりの笑い声を放っている。

そんな中、レジが「もう我慢できん！」と、厨房に飛び込んできた。パントリーもハチクマも押しのけ、石炭レンジの前にしゃがみ込み、「ああ……暖かい」と、今にも溶けて流れてしまいそうな至福の表情を見せた。これを見たウェイトレスも厨房に押しかけ、レジと同じようにした。

パントリーもハチクマも厨房から追い出されてしまった。

客車の発電機は車軸の回転を利用しているのだが、回転数と発電量が比例するので高速で長時間走行すれば、それだけ冷房装置が働き、それだけ車内が冷える仕組みであった。

停車駅を絞った特急燕は、前述の条件を満たすには十分すぎたのだ。

コールドビーフが真っ青な唇を震わせて、ビーフステーキに、

「すまんが立て替えてくれんか、席で払う」

と言い残し、小さくなってそそくさと二等車の方へ戻って行った。

するとビーフステーキは急に険しい顔をして腹を抱えてうめき出し、ついには椅子から転がり落ちた。これは大変だとパントリーのひとりが車掌を呼びに行き、もうひとりが付き添っている。

額いっぱいに脂汗を浮かべるビーフステーキの元へ、ハチクマが恐る恐る近寄った。

「お客さん、ビーフステーキ食べるの、初めてでしょう」

「そ……それがどうした」

「それは腹がビックリしただけだ、あなたも苦労が多かったんだな」

同じ地方出身者として、思うところがあったのだろう。ハチクマはビーフステーキの背中を労《ねぎら》うようにさすっていた。

ボーイに連れてこられた車掌は開口一番「寒い！」と言い放ち、そこから一歩も動こうとしない。

「いいから来い、俺たちはもっと寒いんだ！」

と、パントリーに叱られてようやく駆け寄る始末。

ビーフステーキをボーイに託して、ハチクマが事情を説明すると車掌は少し考えてから、

「ちょっと待っていろ」

と言い残し、二等車へと向かっていった。

しばらくして車掌が戻ってきたが、車両の仕切り扉を開いて固定してしまっている。

「二等の客に食堂車の冷気を入れていいか聞いて回っていたんだ。皆が是非に、と言うのでここから二等車の全部を素通しにしてある」

車掌の思惑通り、過剰な冷気は後方へと流れ、列車食堂は生気を取り戻していった。

「稼ぎたければコーヒーでも紅茶でも淹れなよ、匂いが二等車全部に漂うぞ。ブレーキが掛かれば、三等車にも流れ込む。今日も列車食堂は商売繁盛だ！」

「助かったよ、車掌さん。恩に着る」

「その代わり、晩飯はハチクマのおごりだぞ？」

「わかった、わかった、おごらせてもらおう」

にんまり笑う車掌にハチクマは、一本取られてしまったと苦笑するしかなかった。

一方、南海電車の冷房車は大盛況。しかし冷房装置の電力消費量が膨大で、重役が「難波駅でコーヒーを配った方がマシ」と嘆いたそうである。

さらに冷房車は大混雑で、冷房がない従来の電車がガラガラに空いており、かえってそちらの方が涼しいというほどであった。

新しい技術に戸惑うこともあったが、日本は世界恐慌から数年で立ち直り、目覚ましい発展を遂げていた。今や東京は世界三大都市のひとつとまで称されるようになり、世界にとって無視できない存在であった。

しかし、恐慌の傷跡、満州建国や国際連盟脱退による世界からの孤立など、様々な問題を抱えており、二・二六事件に代表される過激な闘争が本格化していた。

ベルリンオリンピックではヒトラーが世界中に存在感をアピールし、ファシズムと民族主義を世界中に知らしめた。

この不穏な風船がいつ破裂するのか、誰も知る由もない。

ハムライス

日を跨ぐ長旅を終え、顔を覆う煤を洗い流していると、三代目が「うちに来てもらえませんか」と誘ってきた。

誘われたハチクマは苦虫を噛み潰したような顔をして、「君の実家は、何という屋号だっただろう」と返したので、三代目は思わず吹き出してしまった。

「俺は餓鬼の時分から、店の厨房を遊び場にしていたんです。うちで、どんな奴が働いていたのかは、誰ひとり忘れちゃいませんよ。ハチクマさんが働いたことのない店ですから、安心してください」

東京や横浜の洋食屋を転々としすぎたせいで、ハチクマには入りづらい店が数多くあった。

あの店の何というメニューが美味い、という噂を聞いて、働いた経験から「あれは絶品だね」「あれから何やら工夫したのだろうか」という話だけに留めておければいいのだが、そんなことをすっかり忘れて店に行き、コックの顔を見て逃げ出すことや、コックに捉まって怒鳴り散らされた挙句、戻ってくるよう懇願されることもあった。

その店は行ったことがないと安心して立ち寄ると、知っているコックが出てきて前述同様の事態となることも、しばしばあった。

働いたことのない店だと言われ安堵しているハチクマに、浅草で働いたこともあるのか尋ねると、「働いた気がする」と返ってきた。どうやら、すべての店を覚えていないらしい。どれだけ転々としたのだと、三代目は呆れるばかりである。


地下鉄を降りてからハチクマは、知っているコックと鉢合わせしないかと、強《こわ》ばった顔をして目だけをキョロキョロさせていた。こそこそと三代目の後ろを歩くうち、こっちの方は来たことがないとわかり、次第に緊張が緩んできた。

いずれ三代目が継ぐことになる洋食屋は、浅草でも裏手にあった。観音さまを拝みに来た客よりは、近所を相手にしているような店構えである。

敷居は低いが綺麗にしてあり、通りから見えるよう花を飾ったりもして、ハレの日でも使えそうな雰囲気だ。

扉を開くと、心地よい鈴の音が鳴った。

が、それに感嘆している暇もなく、威勢のいい声がふたりの身体を掴み取る。

「おう、お帰り！　そちらさんは？」

三代目そっくりなコックが厨房に立っていた。父親ひとりで切り盛りしていると聞いていたが、ひとりでは少々手に余り、ふたりでは少々持て余すという広さである。地元が相手であれば、多少手が足りなくても何とかなるのだろう。

三代目の紹介を受けて頭を下げると、「せがれが世話になって！」と大袈裟に喜んでいた。江戸っ子というのは、こうなのかと驚かされたハチクマは、目を白黒させている。

「夜行列車じゃあ、お疲れでしょう！　よかったら奥で休んでください！　おい、お前ご案内しろ！　ささ、どうぞどうぞ」

ハチクマが勢いに気圧《けお》されていると、間に入った三代目に、

「もうすぐ昼ですが、何か食べますか？」

と、勧められた。確かに開店時間の少し前で仕込みは終わっているようである。

するとポン！　と手を叩く音が鳴った。

「そいつぁいい！　うちの料理を燕のコックに食べてもらえるなんて光栄だ！」

半ば強制的に座らされた。眠いと言えば寝床に押し込まれるに違いない、食事を頂いた方がよさそうだ。

では折角なので、と言うと賑やかにメニューが出された。

念のため言うが、賑やかにメニューを出したのは三代目の父ひとりである。

今までに食べたことのないものはないかと探していると、親父に先手を打たれてしまった。

「食堂車のメニューに、うちで出していないものはありませんか？」

えっ？　と小さく驚いてから視点を変えて、メニューを見直す。

「ハムライスがないですね」

「そいつはどんな料理ですかい？」

「そうですね、いくつか形があるのですが食堂車では……」

「知っている限り教えてくれやしませんか」

矢継ぎ早な返事に、これを気早の江戸っ子というのかと困惑するばかりであった。

そういえば、特急列車の愛称を公募した際「気早の江戸っ子」というのがあったと聞いた。なるほど、これは特急燕のようにせわしない。

「チキンライスの鶏肉を、刻んだハムに変えたものです。トマトケチャップではなくコンソメやバターで炒めたもの、その上に薄く切ったハムを一枚載せたものなど、店によって様々ありまして」

ハチクマの知識に感心していたかと思うと、親父がすかさず、

「作ってくれませんか」

と、言うので、三代目が気を遣って父を制した。

「やめろよ親父。ハチクマさんはお客さんなんだし、昨日の晩から鍋を振るって疲れているんだよ」

「いいや、言うより見てもらった方が早い」

ハチクマがスクッと立ち上がったので、三人で厨房へと向かう。久しぶりの陸《おか》、初めて使う厨房だ。ぐるりと一瞥してからフライパンを二枚取り、それぞれの鍋底に触れた。

「ケチャップの香りが付くので、フライパンを分けます」

食材を親父から受け取り、薄切りにしたハムと玉ねぎ、人参を刻み始めた。ガスコンロを着火させてフライパンにバターを落とし、刻んだものを炒め、なじんだところで飯を入れ、塩胡椒をして盛り付ける。

もう一度同じことをしてからコンソメスープを拝借してフライパンに流し入れ、水分を飛ばして盛り付ける。

今度はフライパンを変え、仕上げにトマトケチャップを和えて炒めて盛り付ける。

そしてバターライスとコンソメライスに薄切りハムを一枚ずつ載せた。

「ケチャップライスは味が濃いのでハムを載せていません。どうぞ、比べてみてください」

わざわざ作ってもらうほどのものではないだろうに、と三代目は不満そうな顔である。しかし、こんな簡単なものでも親父はご満悦だ。

三人で厨房に立ったまま、それぞれの味を比べてみた。

「あんた若いのに大したもんだね。包丁さばきに鍋さばき、いやあ、惚れ惚れしたよ」

頭を垂れるハチクマは照れ隠しに、「食べ比べてみて如何ですか」と問いかけると、親父は険しく計算高い商売人の顔になる。

「うちにはコンソメで炒めたもんがありませんし、見栄えってぇんじゃあハム一枚載せた方がいいですねぇ。出すならこれかな？　食堂車じゃあいくら取っているんですかい？」

「確かチキンライスと同じで……」

「はあはあなるほど、そうですか」

答えを言う前に納得されてしまった。むしろハチクマは、今も値段を思い出せていない。

その時、扉の鈴がカランコロンと鳴り響いた。

「おっちゃん、こんちは」

常連客のようだが、親父は厨房から出てきて、

「何だ手前《てめえ》は。客がいるんだ、帰れ帰れ」

と、客を追い返してしまった。鈴の余韻は、今では塩を撒いているようにしか聞こえない。

金を払ってくれる彼の方が、店にとっては客である。いくら何でも破天荒がすぎるとハチクマは驚き、三代目は呆れた。

「いいんですか」

「いいんです、いいんです。あいつはどうせまた明日来ます。で、他にはありやせんか？」

「はぁ？」

「いや、うちで出していないもんは」

三代目が「大体あるよ」と眉をひそめていた。もうやめろよ、客まで追い返しちまって、と言いたげである。

しかしハチクマは少し考えて「どんなオムライスを出していますか」と尋ねた。

「チキンライスを薄焼き卵でくるんだもんじゃないんですかい？」

なるほど。よくあるもので、列車食堂と同じである。そう納得したハチクマに親父が、さらに尋ねた。

「何ですか、違うものがあるんですか？」

いい加減にしないかと呆れる三代目だったが、しかしまたハチクマが鍋を振るうのだと思うと、厨房から離れることができなかった。

「東京の洋食屋で、他に出しているところがないかと探しているのですが……。これがまた、技術がいるのです」

「他に？」

「銀座の」

「ああ、あそこか」

銀座の洋食屋など数多《あまた》あるが、本当にわかったのだろうか。いつもの親父の早合点ではないか、と三代目は懐疑的である。

そして気付くと、ハチクマが調理に取り掛かっていた。

刻んだ玉ねぎと挽き肉を一緒に炒め、香りづけに醤油と砂糖を入れて取り出して、それに卵と飯を入れて塩胡椒。手早く混ぜてフライパンに流し入れ、ほんの少し火を通してからオムレツの形に整えた。

盛り付けて、最後にトマトケチャップをかけて完成である。

また三人で食べてみた。内側の具と卵が混ざった部分が半熟に仕上がって、とろっとしている。

「オムレツの具にライスが入っているってぇ寸法ですね、なるほどなるほど」

「薄焼き卵で包んだ方が、技術がいらないのと、何より好まれたのでしょうね」

「上手いもんだねぇ！」

「こちらがお好みですか？」

「いいや、あんたの腕だよ。こいつは難しい、具の熱で卵が固まっちまうから、チャッチャと混ぜて包まねぇとならねぇ。それに色んな味をよく知っている。さすが燕のコックだ」

また照れ照れと頭を垂れるハチクマである。ガス火の厨房は久しぶりで、上手くできる自信はなかったが、自分で食べてみても想像通りの仕上がりだった。風来坊と食道楽の賜物だ。

「俺も作ってみるかなぁ」

「いいかげんにしろよ！」

三代目の我慢が限界に達した。

「ハチクマさんに親父の料理を食ってもらいたかったのに、結局作ってもらってばっかりじゃねぇか！　来た客まで追い返しやがって、ふざけんじゃねえ！　作れもしない煉瓦亭のオムライスを教わって、何になるんだよ！」

最初は申し訳なさそうな顔をしていた親父は、最後の言葉にカッとなった。

「作れもしねえと言いやがったな！　父親を馬鹿にしやがって、こちとら手前《てめえ》が影も形もねえ頃から、この道一筋でやってんだ！　作ってやろうじゃねえか、見ていやがれ！」

親父が真っ赤な顔をしてフライパンをコンロに載せ、食材をまな板に並べ始めたところで、ハチクマがおずおずと声を掛けた。

「申し訳ございません、もう腹がいっぱいで」

と言ったところで、ハチクマは魂が抜けるように崩れ落ち、ぐうぐうと深い寝息を立て始めた。


ハッと気付くと、黄色い光を浴びて布団にくるまっていた。隣の布団では、三代目がスウスウと眠っている。

正面には、仏壇を前に座る親父のゴツゴツした背中があった。

「お目覚めですか。このたびはどうも……みっともないところをお見せして」

親父が頭を下げたので、布団を用意して寝かせてくれたことの礼を言った。

「せがれが世話になっている方ですから、精一杯もてなそうと思っていましたが……

こんなんじゃあ、せがれが怒るのも無理はありません」

「いえ、私の方こそ……調子に乗ってしまい、申し訳ございません」

「いやいやいや、あっしの気早がガンでさ。結構な腕前も見せて頂き、ありがとうございました」

「技術や知識は見世物ではありません、ただの道具です。いい気になったのは未熟な証拠、お恥ずかしい限りです」

親父は堂々巡りに微笑んでから、心地よい夢の中にいる三代目に優しい眼差しを送って、位牌を見つめて静かに語り始めた。


「こいつは餓鬼の時分から厨房が好きでねぇ、頼んでもねえのに手伝いやがる。あのときも学校から帰ってきてすぐ、私の仕事を見ていたんでさぁ」

あのときとは、位牌に刻まれた大正十二年九月一日、関東大震災のことであった。

「店はあっという間に潰れましたが、私とこいつは天井がカウンターにつっかえたもんで、命拾いしました。運よく通りに面した壁が破れて、私らはすぐ店の外へと這い出た。昼飯を食いに来た客もいましたが、同じように隙間ができたので何とか助かりました」

親父はため息を飲み込んだ。

「居場所が悪かったんだなあ、もっと近くにいてくれりゃあ」

この当時、まだ関西にいたハチクマも大惨事を新聞で知り、絶句した。わずかな情報だけで衝撃を受けたのだから、被害に遭った人たちの苦労は想像もつかなかった。

「昼飯時でしょう？　一瞬でうちも周りも火の海になりましてね、逃げるのに必死でしたよ。白い服を着ているもんだから、暴徒だとか火付けをしたとか井戸に毒を入れたとか、自警団に問い詰められて……。一緒に逃げた客が日本人だ、コックなんだと言ってくれたから助かりましたが、いやもう、そりゃあ、ひどいもんでした」

ハチクマの頭には、閻魔大王のいない地獄絵図が思い浮かんだ。地震は甚大な被害をもたらしたが、流言飛語による暴行や混乱に乗じた事件の方も凄惨だったのだ。

罪人でもないのに責苦を受けるなど、本当の地獄であろう。

「それは大変なご苦労を……」

重苦しさに押し潰されて、うつむいているハチクマに、親父はフッと笑って見せた。

「あの日のことを、これだけ話せたのは初めてです。あんな焼け野原になった東京を目にすることは、もう二度とないでしょうね」

ハチクマは黙ってうなずいた。こんなつらい思いを、二度とさせてはいけないと。


「とりとめのない話になっちまいましたね」

「いいえ、私は関西なので詳しく知りませんでした。こう言っていいのかわかりませんが、聞かせていただき、ありがとうございました」

親父が愛おしいものを見る顔をして、仏壇に目をやった。

「立派なコックになって店を継ぐっていうのは、せがれとかかあの約束なんです。遠くに行っちまったから、その思いが強くなっているんでしょう」

「奥様にお線香をあげたいのですが、よろしいですか」

親父は是非と言ってろうそくに火を灯して仏壇の前を空けたので、ハチクマは粛々と位牌の前に座った。

一筋の煙が立ち上り、鈴《りん》の余韻が静かに消えていった。

「遊びに来てくれたのに料理に線香まで、本当に申し訳ない」

「いいえ、料理は好きなので。できることなら、もっと厨房に立っていたかったくらいです。それに休ませていただきまして、ありがとうございました」

しかし少し眠ったくらいでは、腕の重さは取れなかった。夜行列車で夜と朝、仮眠を挟まずこの店でハムライス三皿に、とどめのオムライス。少々、鍋を振りすぎたようだ。

「よかったら晩飯を食べていってください、今度こそ私の料理を食べてもらいますぜ」

「是非、お願いします。メニューはおまかせします」

親父は自信とやる気に満ちた顔をしてみせた。

ハチクマは助かったという顔で腕を揉んだ。いくら好きでも身体には限度がある。

「ところで関西のどちらですか？」

「滋賀です」

「ははあ、そうですか。先日、修行した店に挨拶して師匠から聞いたことなんですがね、ふらっと飯を食いにきた若造が、美味かったから働きたいと言ってきて、雇ってみたらすこぶる腕が良く、あっという間に店のメニューを全部作れるようになったんだとか。師匠もいい歳なもので、後継ぎにしたいと願い出たら、次の日から店に来なくなって、もう何年もその若造を探しているそうなんです。知り合いのコックにも、何人かそういう目に遭っているのがいまして、みんなで血眼になって探していると言っています。確かその若造も滋賀だとか言っていたそうですが、同郷人として何か知りませんか」

ハチクマは、逃げる術を考えることで頭がいっぱいになった。

オムライス

少しばかり考えるような素振りをしてから、やはりオムレツかな、と言ったのはハチクマだ。

夕焼けに染まった街を行く京浜電車で、ハチクマと先ほどまで一緒に列車食堂で働いていたウェイトレスは、茜《あかね》色のヴェールに包まれていた。


食堂車ではフライ返しを使わない。手首の動きだけで、中がとろっとした半熟のオムレツを綺麗に作るのは本当に難しく、今までに数えきれないほど練習を重ねてきた。しばらく注文がないときは家で作っている。

そう言って、ハチクマは手首の動きをやってみせた。

「コックになる少し前に、まかないでオムレツを作らされた。それはもう、汗だくになってたものさ」

「オムレツを綺麗に作れたら、一人前ということですか？」

「うん、だからコックになりたければ、まずニワトリを飼うといい」


鉄橋を渡る音がした。斜めに立ち上がった無数の鉄骨が、ふたりの時間を映画のように切り取っていた。穏やかな川の流れが、胸に隙間を開けて冷たい風を吹き込んだ。

「あ、ハチクマさん」

彼女の顔を見つめると、長い睫毛と小さくふっくらした唇が光の中に浮かびあがって、時が止まったような気がした。

「私の家の近くに、美味しいパン屋があるんです。よかったら来てください」

時が動き出した。彼女の家に行ったことはないが、話の流れでだいたいの場所を聞かせてくれていたのだ。実家がお茶屋を営んでいるそうで、茶娘からチャコと呼んでいた。

川崎から乗り換えて川崎大師へ、そこにハチクマの住まいがあった。東京と横浜の間で、どちらの洋食屋で働くにも都合がいいと思って選んだ町だった。

　家主がニワトリを飼っており、頼めば卵を分けてくれるので、滋賀を出てから今に至るまで荒物屋の二階を借りている。世話になっているお礼に洋食を振る舞っているので、出ていこうかと考えた際には、家主に必死の形相で引き留められた。

　休日には地の利を生かして東京か横浜の洋食屋に食事に行くことが多い。あの店の何という料理が美味い、という話を聞きつけては食べに出掛けて、行った先で新たに店を見つけて今度はここに入ってみようか、という過ごし方をしていた。

　考えながら食べていると美味しそうに見えず、その店のコックが不安になるし、自身もそういう客を見るとハラハラするので、ただ単純に美味い美味いと言いながら食べていた。

　店を出てから家に帰るか喫茶店に寄るかして、料理の余韻に浸りながら、あれはどうして美味かったのか、どうしたらあのようになるのかを考えてニヤニヤと過ごしている。

導き出した答えを家の台所で試すことは難しいので、食堂車の厨房で確認する。自信がないときはまかないで確かめるが、そうでなければ客を実験台にしているので、答えが間違っていたときは悲劇である。

しかし、彼女が言っていた美味しいパンが気になってならない。家ではもっぱら米食で、客としてもコックとしても、与えられるパンの味を問うことはなかった。

美味しいパンは盲点だった。

横浜の子安という町に来た。賑やかな商店街がずっと続いており、終わりが見えない。

歩いて行くうちに、これかと思わせる雰囲気が醸し出されるパン屋が現れた。

パン自体の味がわかりそうものを選び、適当なところに落ち着いて、それを昼飯にした。

もちもちとした弾力があり、ほのかな甘さがある、ずっしりとしたパンだった。

言ってしまえば餅に似ており、米好きでも美味しく食べられるだろう、と思わせる。門外漢なので秘密や秘訣は見当もつかないが、カレーやビーフシチューなど米にも合う味の濃いものとの相性がよさそうだ。

パンには満足できたが、期待した奇跡も偶然も起きなかった。あったとしてもどう声を掛け、何を話せばいいのだろう。食道楽で洋食一辺倒のハチクマには、パンの感想しか思いつかず、気の利いた言葉など出てきてくれない。

ああ、何と不器用なんだ。フライ返しを使わずにオムレツを包《くる》めても、ひとりの女を気障《きざ》な台詞で抱きとめることなど、とてもじゃないができそうにない。

もう市電に乗って、野毛か伊勢佐木町の洋食屋で夕食としよう。そう考えてハチクマは、チャコの住む町を後にした。

「うわ、鱧《はも》やないか。昼からどないしたんや」

破顔とはこういう顔かと思わせる笑顔を、ハチクマが見せた。盆休みで滋賀の大津、膳所本町《ぜぜほんまち》の実家に帰ってきたのだ。

戸惑い顔の両親が互いの顔を見合わせてから、おずおずと口を開いた。

「急な話やけどな、お前に会ってほしい人がおるねん」

「あ、あんたまだ食べたらあかんよ」

ハチクマは鱧のお預けを食らい、狐につままれたような顔をした。すると、正面のふすまが開いて、ハチクマはおののき仰け反った。

「だ、だ、だ、旦那さま！」

貫禄たっぷりの男がピシャリとふすまを閉め、のしのしと入りハチクマの正面に座ると、両親がどこからともなく鱧を出した。

ハチクマが学校を卒業して、最初に働いた呉服屋の社長である。

「どや、東京には美味いもんあったか」

「は、東京には鱧がございませんので、恋しゅうございました」

平伏しているハチクマを、旦那様は声を上げて笑い飛ばした。

「もうええねん、顔上げえ。お前が料理の道に行ったンは、わしが鱧を食わせてしもたからや。東京にはもっと旨いもんがあるはずや、言うて店を飛び出したときは度胆抜かされたが、行きの食堂車で洋食を選んで、今は燕のコックや。琵琶湖の鮎は外に出て大きなる言うのはホンマやな。わしが食わせた鱧が燕のコックを生んだ思うたら、もうええことや」

「もうほんまに心配したんやでぇ。葉書が届いてどんな様子や思うたら毎度毎度、店が変わりました言うて、まるで風来坊やないの」

そう言って母は、膳の上にハチクマから届いた葉書をズラリと並べた。どこもかしこも腕を見込まれ、店を任せたいと頼まれて辞めている。早いものでは一週間も働いていない。旦那様はその数に驚かされて、狼狽えた。

「なんや、こんなん聞いてないで」

「今のところは続いてますのや、コックになってもう六、七年します」

取り繕うように母が言うと、ハチクマは再び平伏した。ほとぼりが冷めたのを見計らってから顔を上げ、おずおずと尋ねた。

「それで、何で旦那様はわざわざこちらへ……」

「会うてほしい人がいるのは、わしもや。さあ、入りい」

再びふすまが開くと、女とその両親と見える三人が入ってきて、同時に髑髏が三つ出された。どこに髑髏を隠していたのか、ハチクマはそちらの方が気になって仕方ない。

女の顔を見たハチクマは、思わずギャッと声を上げてしまった。

殿下の邸宅に行く際、迷った末に勝手について行った浮世絵モダンガールである。

「なんやお前、知っとるのか」

「知らんけど……人違いやった。東京は人多いからなぁ」

苦笑いをして誤魔化すハチクマは、正面の四人から不思議そうに見つめられ、左右から肘で小突かれた。

「まあええ、よう聞け。こちらは、島根は松江の縁ある方で……」

「しじみの縁でもあったんか」

「阿呆言いなや」

この急激な展開を知らなかったのは、ハチクマひとりだけであった。平静を取り戻せず、旦那様の話はちっとも頭に入らないが、この雰囲気には思い当たるものがあった。

「なんか見合いみたいやなあ、したことないけど」

「見合いやで」

思わぬ事態に、ハチクマは後ろへ飛び退いた。直前までへらへらしていたのが嘘のようである。

女を見つめて、こんな綺麗な人をもらっていいのかという困惑と、チャコの顔が頭の中でぐるぐると回り始めた。

「ええンかこれ……無茶苦茶やないか」

「お前ほどの無茶苦茶はあるかい。そやから、こうするしかない思うたんや。いわば奇襲作戦や」

「この鱧、和歌山で獲れたんですか？」

「紀州やない、奇襲や。包み隠さずお前のことを話したところ気に入って、わざわざ松江から出てきてくださった稀有《けう》な方や。まあ、わしが持ってきた鱧に免じてくれ」

すると、父がすかさず耳打ちをしてきた。

「お前な、大陸で戦争が始まっとるンやぞ。東京オリンピックも中止や。女はみんな兵隊の嫁に行かされるから今のうちやないと、お前なんかはもらえんで」

前年の昭和十二年、大陸で長く続いていた争いが本格化した。後に言う日中戦争である。

突然の見合いは旦那様の敏腕であれよあれよと話が進み、気付くと何から何まで決まってしまっていた。決まっていないのは新居だけである。

ずっと夢を見ているようなふわふわした気分で、旦那様が「全部嘘や」と言っても不思議はないが、当然そのようなことは起きてくれない。

ほな全部決まった！　と旦那様が膝を打つと、時が止まったように誰も動かなくなった。ハチクマだけが視線を右に左に動かしていると、父が肘を突いてきた。

「ほな、お前」

「なんや」

「聞いとらんかったんか、なんか作ったれ」

「なんかって何を」

「洋食やないか当たり前や、お前の腕を見せたれ」

　またもや突然かつ強引な依頼に仰け反った。

　しかし、はるばる松江から来たのだから断れないし、世話になりながら迷惑を掛けた旦那様までいる。台所にメリケン粉はあったけど、他に何があるんや。

「肉あるか？」

「ないわ」

「牛乳は？」

「ないなあ」

「パンはあるンか？」

「最近食べてないなあ」

「卵は？」

「今朝食べてしもうたやんか」

「美味しかったなあ」

ハチクマは財布を持って、暮れなずむ町へと飛び出していった。

結婚が決まったことを支配人に報告すると、地蔵のように固まってしまった。

それから陸で世話になっている人に挨拶回りをしたが、誰も彼もが同じような反応で、自身がどう思われていたかが手に取るようによくわかり、だんだんと背中が丸くなってきた。

列車食堂の皆も似た反応であろうと思い、まるで申し訳ないことをしたかのように小さくなって報告したが、やはり皆が絶句した。

「みんな言葉を失っているが、私のことをどう思っていたんだ」

「厨房が家で、フライパンが嫁なんだと……」

いつも一緒にいる仲間には、微かな期待もあったので心の底からガッカリした。日頃の食道楽が祟ったのだろう。

「見合いなんだ」

「じゃあ、しょうがない」

「しょうがないとはなんだ」

礼を欠いたやりとりにハチクマは本気で怒ることはなく、気がかりなことがあるような浮ついた様子だった。

ふと目が合ったチャコが、わずかに開いた隙間へと入り込むように小さく手を挙げた。

「すみません、私も嫁入りすることになりました。今日が……最後です」

またもや皆が絶句したが、それはハチクマのそれとは違って落胆であった。

「そうか、寂しくなるなあ」

「その幸せ者は、どこのどいつだい？」

「そうか、旦那さんになる人は出征するのか」

ちらりと向けられたチャコの視線が、ハチクマの心臓をチクリと突いた。互いに目を伏せ、じわじわと広がる痛みに耐えた。

ふわふわとした甘い夢が形となって、どっしりとした重さを得ていれば、違った未来があったのだろうか。

戦争という緊迫感の中、その未来を掴むことができたのだろうか。

しかし今できることは、お互いを祝い、幸せを祈ることだけだ。

「チャコ、おめでとう」

「ハチクマさん、おめでとうございます」


それからは、いつものように仕事は進む。

一段落し、昼飯にしようとハチクマが言うと、

「私にやらせてください」

と、硬い表情で三代目が申し出た。

様子を見ていようかと思ったが、ひとりでやりたいと厨房を追い出されてしまった。

席に着いて待っているが、どうしても耳を澄ませ、鼻を利かせてしまう。

カッカッカッ……これは卵を溶いている音。

ジャッと焼ける音に続いて、トマトケチャップの香りが食堂にまで漂ってくる。

なるほどオムライスか、しかし何故だと考えてしまい、そわそわと落ち着かない。

出されたものはチキンライスだった。

おや？　という顔をしていると、三代目が小さなオムレツをチキンライスにそっと載せた。よほど柔らかく仕上げたのだろう、ぽってりと膨らんだそれは、列車の振動でぷるぷると揺れている。

「オムレツを横一文字に切ってください」

ナイフを手にしてオムレツを切ろうとすると、チャコが制した。

「ハチクマさんは主役なんだから、私がやります」

チャコが腕を伸ばしてナイフを入れると、オムレツはパッと開いて半熟の中身を露わにし、チキンライスを覆い隠した。食堂に感動の声が上がると、三代目はしてやったり、という顔である。

「私にもやらせてくれないか」

とハチクマが、チャコのオムレツにナイフを入れた。

朱色に染まった丘一面が朝焼けに染まっていくような光景に、従業員一同が再び感嘆の声を上げていた。

「これは凄い、君はもう一人前だ！」

「お互いのオムレツにナイフを入れるなんて、ハチクマさんとチャコが結婚するわけじゃあるまいし」

パントリーが叩いた憎まれ口に、馬鹿なことを言うものじゃないよ、とレジが言うと、列車食堂はいつもの笑いに包まれた。

ハチクマとチャコの視線が交わった。針で突かれたような哀しい笑顔に気付かされて、叶うことのなかった気持ちに固く蓋をするしかなかった。


他の者は普通のチキンライスで、皆はガッカリしている。

「なんだ、めでたいおふたりさんだけか」

「レジさんが勘定を合わせてくれるなら、作りますよ。俺は、ハチクマさんみたいに計算できないから」

「何言っているんだ、ハチクマさんの計算はレジさん任せだぞ？　金勘定が苦手だから、店を任されたら潰してしまうと思って、洋食屋を転々としていたんだ」

「そうだったんですか？　列車食堂なら金勘定しなくていいから、コックになったと？」

従業員一同は、狼狽えて目を泳がせているハチクマを笑っていたが、レジの神妙な顔に気付いて熱を冷ました。

「そういう遊びも、できなくなるな。列車食堂営業会社は、日本食堂の一社に統合させられてしまうんだから」

全員が言葉を失い、スプーンを落としてしまった。レジは誰ひとり知らなかったことに驚きを隠しきれず、激しく動揺した。

「みんな、知らなかったのか！　ハチクマさんも聞いていないんですか？」

知らないはずだ。

聞くより先に、支配人を絶句させてしまったのだから。

ハヤシライス

まさか私が、このような生活をするなど夢にも思わなかった。

そう言うと憧れや願いを叶えたように聞こえるが、そういうことではない。では夜毎枕を濡らしているのかと問われれば、思わず笑ってしまうだろう。

モダンな生活に憧れた私は松江の親元を離れ、東京は目黒の結婚式場、雅叙園に勤めることになった。

贅を尽くした竜宮城のような職場で、紳士的な上司や優しい同僚に囲まれながら、ハレの日を祝う毎日は忙しくも充実していた。

こんな日が永遠に続かないものかと、願ってやまなかった。

そんなある日、取引先である京都の呉服屋の旦那様が、妙なことを言い出した。

「大陸がえらいことになってきたが、あんたがつまらん兵隊に嫁入りした末、未亡人なんちゅうのは似合わん。しかし偉い兵隊に嫁入りして家に籠っているのも、よう似合わん。兵隊に嫁入りせんと、今の仕事を続けられる方法があるさかい、一年ばかし待っとってや」

そして年が明けると、旦那様は上機嫌で私の元にやってきた。

「近頃、巷《ちまた》では贅沢するな節制せい言うのを見かけるが、獲って食わんのが一番の贅沢や。そやから正月は、汽車に乗って蟹を食うてきた」

豪快に笑った後、着物の袂《たもと》から一枚の写真を取り出して私に見せた。

私とそう変わらない歳のコックが、窮屈そうな厨房に立っている写真だった。

「そんな写真で申し訳ない、伝手《つて》を使ってようやっと手に入ったのが、そんだけなんや。唐突で申し訳ないが、この男と会ってくれへんか。そちらのご両親に話はしてある、蟹はそのついでや」

旦那様の話によると写真の男は列車食堂のコックで、その中でも異例の若さだという。頼りなく見えるが、どういうわけだか人に頼られやすい性質《たち》で、料理の腕もあるから仕事に困ることはない。

食道楽で浮気の心配もなく、縛られること、人を縛ることを嫌う性分だから、もし結婚しても今まで通りに仕事ができるだろう。徴兵検査で肺に影があると言われてしまったのが難点だが、裏を返せば戦地に送り込まれる心配がない。

「気に入らんかったら遠慮のう断ってもええ、嫁入りしてから嫌になったら三行半《みくだりはん》を突き付けたらええ。戦地から帰ってきた中に気に入ったのがおったら、そっちに乗り換えてしまえ」

そんな気軽な見合いなどあるのかと思ったが、旦那様に頭を下げられては断るわけにはいかず、お受けすることにした。

すると旦那様は鋭い目つきで、

「掴みどころのない男や。盆休みを狙って大津の家に不意打ち掛けるから、宜しゅう頼むわ」

私は、とんでもない人と見合いをすることになったようだ。

＊

今までに何度、惜しいことをしたと思っただろう。そういう思いが、彼を頭の片隅に長らく居座らせていたのかもしれない。

滋賀の大津から私の呉服屋にやってきた青年は、人の心を掴む性質の持ち主だった。常に笑顔でいられるが、商人という雰囲気ではない。武家の家柄なのでキリリとした立ち居振る舞いではあったものの、

「うちの膳所《ぜぜ》藩は琵琶湖に突き出た城を持っていましたから、石垣が波に洗われるもので、貧乏やったそうです。維新の後、さっさと城を潰してしまったほどです。そんなんやから誇りなんかで飯を食えないことは、よう知ってます」

と、余計な誇りは微塵もなかった。

店に入ってすぐ客の心を掴み、商談では礼節を重んじていながら腰が低い。しか

し、客のいいようにされない雰囲気が醸し出されている。

意外なことに手先が器用で、小さい着物や帯を千代紙で作り、客への説明や店の飾り付けに使って新規客を獲得していた。

売り手よし、買い手よし、世間よしの近江商人を期待していたのだが、いい方に期待を裏切られた。こういう商人は、なかなかいないものだ。

面白い青年だと思い、すぐに可愛がるようになった。

手が空いているときは、取引先に手伝いとして連れて行った。

と言っても、入って日も浅いうちから事細かに教えても仕方ないので、私の仕事を脇から見せているだけだ。

が、その数日後には見聞きしたものを店の陳列や蔵の整理に生かせないかと、相談を受けることが多かった。

私や番頭のようにドンと構えることには向かないだろうが、彼のような柔軟な発想が、年々厳しくなる呉服業界には必要だと思えたのだ。

ある時、私が取引先との食事に出掛けようとすると、彼の仕事が一段落したようで、今日の客人と彼だったら馬が合うかもしれないと思い、誘ってみることにした。訳のわからない様子で荷物を抱える彼を連れ、先斗町《ぽんとちょう》の料亭に入った。

今日の相手は、東京にある料亭の主人だ。結婚式を専門に執り行う新しい料亭を計画しており、そこで貸し出す晴れ着の相談であった。

このような話が、京都の隅で細々と営んでいる私の店に舞い込んだことに驚かされた。しかし最終的には、大きく格式のある呉服店が契約するのだろう。

ならばせめて、彼の話を京都土産にしてもらえればと思ったのだ。

食事をしながら彼の工夫と実績の数々を話すと主人は感心していたが、当の本人は凝り固まっており、出された料理を私たちより一足遅れて砂を噛むようにチマチマとつまんでいた。

いきなり、畏《かしこ》まった場に連れてきたのは、間違いだった。申し訳ないことをしてしまったと反省し、主人同士で仕事の話に精を出す。

いよいよ新しい料亭の話になった頃、部屋中に叫び声が響いた。

「ど、どないした！」

彼が皿を持ったまま、ぼろぼろと大粒の涙をこぼしていた。手にしていたのは、鱧の湯引きである。

「世の中には、こんな美味しいものがあったんですか」

「そ、そうやな、鱧ほど美味いもんはないな」

うちの若い者が、と主人に謝ると、「面白い若者ですな」と笑ったので、土産話を作れたからええか、と思って彼を放っておくことにした。

それから、彼は手が空くと食べ物のことばかり考えるようになってしまい、とうとう、

「お世話になっておきながら申し訳ございません、暇をください。東京には、もっと美味いものがあるはずや」

と言って、店から出て行ってしまったのだ。

私はすぐさま、料亭の主人宛に手紙を送った。

儲けなどはいらない、簪《かんざし》ひとつでも構わないから、東京で商売をさせてくれ。あの若者の消息が気になって仕方ないのだ、と。

*

膳所本町は松江を小さくしたような、湖そばの城下町だった。

見合い相手の家に着いてすぐ居間の隣で待ち、旦那様の合図でふすまを開けると、写真のコックが着流し姿で腰を抜かしており、私たち家族は呆気にとられてしまった。聞いた通りの食道楽で、宍道湖のしじみや出雲蕎麦のことばかりを聞いては嬉しそうにしており、

「滋賀には瀬田しじみや伊吹蕎麦がある、やっぱりご縁があるのやなあ」

と、笑っていた。

あちらのご両親は「早よう落ち着け」と言いたげに、肘で突いている。

これが見合いだと知らされてから、彼は白昼夢の中にいるようになり、隙ありと言わんばかりに旦那様が話を進めた。私たちもその勢いに圧倒されてしまい、家同士の大事な話であるにもかかわらず、ただただ聞いているばかりである。

悪人ではないし、しっかりしたところに勤めているが、この人で大丈夫とは到底思えない。旦那様に「考える時間が欲しい」と伝えようと思った矢先、彼が私たちに洋食を振る舞うことになった。

これもまた突然のことだったようで、彼は血相変えて家を飛び出し、息切れさせて帰ってきた。

皆でこっそりと台所を覗くと、背筋を伸ばして軽やかに包丁を捌き、鮮やかに鍋を振るい、あっという間に出来上がった洋食七人前。こんなに早く作れるものかと、またもや呆気に取られてしまった。

「急ごしらえで申し訳ございません」

と彼は頭を下げていたが、洒落《しゃれ》ていながら馴染み深さもある味付けで、洋食を滅多に食べない両親も美味い美味いと喜んでいた。

彼は食事の間、残った調味料をどうすればいいか、真剣な顔で母親に教えていた。

この一件で、誠実で真摯な人柄を垣間見た。

腕は口ほどにものを言う、とでも言うのだろうか。私たちは、胃袋から心を掴まれてしまった。

＊

ハチクマさんの新居にお邪魔することになった。休日が一緒だと、洋食屋の開拓と研究に付き合わされることはあったが、家に行くのは初めてだ。

間借りしていた荒物屋から丁度いい空き家があると紹介されて、今までと変わらず川崎大師に暮らしている。

今日、奥さんは目黒へ勤めに出ているそうだ。

コックの賃金があれば、嫁を働きに出さずとも暮らしていける。ハチクマさんの食道楽が祟って借金があるのかと思ったが、そうではなかった。

「我々は短くても一泊二日、二泊三日や三泊四日は当たり前だろう？　その間、嫁は家を守っていろだなんて、つまらないじゃないか」

俺が思っていた夫婦の認識とはだいぶ違うが、ハチクマさんらしく妙に納得できた。

「ふたり揃って休みの日は、どう過ごしているんですか？」

「滅多にないけど、一緒に買い物するくらいかな。開拓した飯屋に連れて行きたいところだが、こういうご時世だから難しくなってきたね」

「ひとりの休みでも開拓は難しくなってきましたか」

「うん、最近は本を読んでばかりだ。日に日に規制が厳しくなってきて、色々不自由だね」

部屋の隅には本が何冊か並んでおり、見てみると芥川ばかりである。

「芥川がお好きなんですか」

「いや……生まれも育ちも東京の芥川に東京弁を習おうと思って……。今は嫁から、ちゃんとした東京弁を教わっているところだよ。あっちは島根なのにね」

それで本を読んでいるような喋り方だったのかとわかり、我慢できず大笑いしてしまった。外国語だって、そんな覚え方をしないだろう。

「そういうことでしたか！　ずっと変な喋り方だと思っていましたよ！」

笑い転げる俺を見て、ハチクマさんはみるみる真っ赤になっていった。

「そろそろ嫁が帰ってくるから、飯の準備をしないと」

初めは照れ隠しに逃げたのだと思ったが、窓から黄昏《たそがれ》色が差し込んでいた。

「三代目も食べるかい？」

「え！　ご一緒していいんですか？」

「何がいいだろうね」

「家で洋食は作らないんですか？」

少し黙ってから「作らないね」とだけ答えて、また口をつぐんでしまった。

実家が洋食屋の俺にはわからないことだが、数少ない列車食堂のコックであっても、男が飯炊きを生業《なりわい》にしていることを恥ずかしいとする風潮があった。

食堂車従業員は皆、職場であったことを外では話さないのだ。ハチクマさんも例外ではないようである。

「そうだな、たまには洋食にしよう」

米を炊いている間に美味い飯屋、面白かった本や映画のことなど色々話していると、ハチクマさんの奥さんが帰ってきた。

一目見て、言葉を失ってしまった。顔の辺りを巡る血が、今にも沸騰してしまいそうだ。

「お帰り。紹介するよ、日本食堂期待の星……三代目だ」

本名で紹介しないのかと思い、全身の力が抜けた。長らくあだ名で呼んでいるうちに、本名を忘れてしまったのだろうか、あり得る話だから恐ろしい。そして俺もハチクマさんの本名を時々忘れるし、今も思い出せない。

「まあ、お噂はかねがね……主人がお世話になっています」

奥さんの手本のような挨拶に、生まれも育ちも下町の俺は動揺してしまい、地に足つかぬよくわからない返事をしてしまった。

「丁度よく、飯も炊ける頃だ」

振動のない陸《おか》の上であるにもかかわらず、ハチクマさんは列車食堂の厨房と変わらない姿勢で、台所に立っていた。

傍《はた》から見ればおかしな格好だったが、俺も親父の店の厨房で同じように立つのかもしれない。

台所には肉の代用に油揚げ、玉ねぎ、ウスターソース、トマトケチャップ、そして醤油が並んだ。ソースもケチャップも、使った形跡がない。

「あら、今日は何ですか？」

「いいから、疲れているだろうから座って待っていなさい」


奥さんが俺の向かいに座ると、俺の身体は緊迫してしまった。ウェイトレスをからかうのは俺の十八番《おはこ》だが、どうもこの人だと駄目だ。

「うちの主人、料理を何にも教えてくれないんです。いじわるでしょう？」

「厨房と台所じゃあ勝手が違うでしょうから、俺でも教えられるかどうか……」

「洋食をねだっても、いつも言葉を濁して魚を煮たり焼いたりで、主人の洋食は見合いの席で一度食べただけなんです」

「何の用意もないのだからひどい話だよ。旦那様も人が悪い」

台所で鍋を振るいながら弁明するハチクマさんに、奥さんが悪戯っぽい声で返した。

「あなたが作った洋食、美味しかったですよ。私も両親も、あれで見直したんですからね」

「ひどいなあ……。それと今日の晩飯は洋食だ、三代目に感謝したまえ」

まあ、と言って目を輝かせる奥さんから思わず目を背けたが、白く細い足が映ってしまい、やり場に困った末に膳を見つめ、うつむいた格好になってしまった。

油抜きした油揚げと玉ねぎを炒める香りが居間に届いたところで、台所からはコトコトと煮込む音が聞こえてきたと思うと、さあできたとハチクマさんが膳に皿を並べていった。

「こんなに早くできるものなんですか！」

「ウスターソースもケチャップも醤油も、長い時間と多くの手間をかけて作ったものだ。調味料は最早、料理だよ」

するとは奥さんは、秘密の花園を見つけたように瞳を輝かせた。

「まあ、ハヤシライスね……」

「牛肉ではなくて、申し訳ない」

ハチクマ夫妻の間に、俺が立ち入る隙はない。これがきっと、見合いで出された思い出深い洋食なのだろう。


食べてみると、あっという間に作ったとは思えない、ちゃんとしたハヤシライスであった。陸の厨房で長い時間と手間暇をかけて作っていたのが、信じられなくなってしまう。

ふわふわした油揚げを口に入れると、封じ込めていたハヤシソースが溢れ出した。肉では出せない食感は、とても代用品とは思えない面白さだ。

俺と奥さんとで絶賛していると、ハチクマさんの表情が曇り、悔しそうに、

「敵わないなあ」

と言った。味覚に敏感で探究心旺盛なハチクマさんには、急ごしらえのハヤシソースでは不服なのだろうか。

「やっぱり、洋食屋の方が美味いですか？」

「お肉の用意がなくて、すみません」

ハチクマさんはニッコリ笑って頭《かぶり》を振った。その笑顔は、奥さんに向けられたものだ。

「いや、家庭料理には敵わないと思ったのさ。こういうみんなで膳を囲む温かさは、どうしたって店では作り出せない」

「そうね。あなたが作るハヤシライスは、私たちにとって特別な料理ですもの」

俺は微笑み合うハチクマ夫妻から目を逸らし、ハヤシライスを口へと運んだ。

甘くて……何て美味さなんだ。

カレーライス

　ハチクマが上段の構えで見つめる先は、フライパンの底である。それから中段の構えになり、様々な角度から鍋底に陽射しを当ててみた。終《しま》いには霞《かすみ》の構え、取っ手を頭のそばに横たえて、指の腹で鍋底を撫でた。

「もう寿命だ」

　そうぽつりとつぶやいてから、カレー鍋に目をやった。どういうわけだか今日は売れ行きが悪く、かなりの量が余ってしまっている。

　フライパンとカレー鍋を交互に見た末に、従業員一同に声を掛けた。

「昼飯にしよう、今日は私が作りたい」

　異議を唱える者はなく、皆が声を揃えて「お願いします」と言ったので、フライパンを石炭レンジに置き、温まったところで冷めたままのカレーとライスをフライパンに落とし、へらで練るように混ぜ始めた。

食堂車内はカレーの匂いで充満した。

鼻から脳天の奥深くにまで突き刺さる香りは食欲をそそり、空腹に耐える従業員一同にとっては毒にしかならない。

忙殺され忘却していた事実を突き付けられて、たまらず腹を押さえて懇願するように天井を仰ぎ見た。

カレーとライスが十分に混ざり温まったところを見計らい、皿に盛り付けて中央を少しくぼませると、生卵を割り落とした。

しかし残酷なことに、これで完成ではない。

待ち焦がれたカレーライスとの対面を果たした従業員たちの姿は、荒野の狼を思わせた。ハチクマは荘厳な聖職者のように、手の平ひとつで餓狼たちを諭す。

「ウスターソースを好みの量だけかけて、スプーンで混ぜてください」

彼らはハチクマ、それともカレーライスの信奉者か。従順かつ譲り合いの精神を持ち、テーブルに備えられたウスターソースで生卵の周りに円を描くのだ。

そして皆が一斉にカレーライスと生卵、ウスターソースを混ぜ始めた。

食堂にはスプーンと皿が奏でるタップダンスだけが響いていた。今すぐに口へ運びたい欲求と、しっかり混ぜて美味しくしたい願望の狭間で心が揺れている。

もう十分だとささやいたのは天使か悪魔か、いずれにせよ待ち焦がれた渇望を叶えるときが、ついに来た。


「美味いですよ！　ハチクマさん」

「本当、美味しいです。こんなカレーの食べ方があったなんて」

皆は長く耐えてきた欲求を叶えた上、初めて経験する味であったことに、至福の表情を見せたものの、ハチクマの表情は固かった。

「本物のカレーソースは、もっと辛いのだ。刺すようなカレーの辛さを生卵の甘味とウスターソースの酸味が和らげつつ、言葉通りの三位一体にして複雑な味に仕上がる」

「本物というと、どこかのメニューにあるんですか」

「『夫婦善哉《めおとぜんざい》』という本に書いてあった。小説なのだが、美味そうな料理がたくさん出てくる。安いものばかりで下手物《げてもの》などと書いてあったが、どれも美味そうだ」

「その作家はハチクマさんに負けず劣らずの食道楽ですね」

「いやはや、敵わないだろうな。大阪行きのたびに、ひとつずつ回っていきたいよ」

それはハチクマさんらしいと歓談しつつカレーライスを口に運んでいると、ひとりの男が後方車両よりやってきた。

獲物を狙う虎のようにギラギラと目を光らせていることから、空腹に耐えられないのが誰の目にも明らかである。

「次の駅で弁当を買おうと思っていたが、もう我慢できない。カレーを食わせてくれ」

はい、と返事してカレーライスをかき込んでいるところに、男がふらふらと寄ってきて、従業員たちが食べているカレーライスをじっと見つめた。それが普通のものではないことに気付くと、不敵な笑みを浮かべて言った。

「そのカレーをくれ」

皆の手が止まり、獲物に見定められてしまった兎のような怯えた視線が男に集まった。

「いや、これはその、まかないでして……」

勘定が狂ってしまうと思って、レジが命乞いのように断ろうとしたものの、男の空腹と欲求には到底、敵いそうもない。

レジとハチクマが目を合わせると、計算はするから任せろ、頼みます、と無言のやり取りをして残りのカレーライスをかき込んだ。

すると彼らの覚悟を待っていたかのように、カレーライスを所望する行列ができた。

不幸なことに誰もが口を揃えて、

「そのカレーライスを食わせてくれ」

というのだから、たまらない。

「卵はオムレツを分解する。オムレツひとつは卵二個、カレーライスを偶数売ればいい。オムレツの付け合せもカレーライスに半分ずつ添える。値段はカレーライスにオムレツの半額を加えれば勘定が合う」

なるほど奇数になりそうなら卵が切れたと言えばいいのだと、従業員たちは納得した。それに、いい値段になりそうだから断念する者もあるだろう。
「ところで、いくらになるだろう」
「私がやります、ハチクマさんは作ってください。ウェイトレスは、値段を説明してから注文を取るように」

あっという間に食堂の席は埋まり、客が後方車両へと列を成していた。値段を聞いて断念する者は、予想に反してひとりもいない。余っていたはずのカレーとウスターソース、卵が足りず、その後の営業に差し支えが出ることは明白であった。

駅通過時に立ち会いの駅員へ投げ文をして、パントリーに飯炊きを頼む。あとはひたすらカレーとライスを練るだけである。

寿命を宣告されたフライパンは、最後のご奉公と言わんばかりに老体に鞭を打たれ、馬車馬の如く働いた。休む間もなくカレーとライスを混ぜ温める。

この一日で全身にカレーの匂いが染み付いてしまうのは間違いない。他のフライパンは加勢してしまうと本来の役目を果たせなくなるので、古兵フライパンの孤軍奮闘である。

波寄る相手を蹴散らすたびに、体の芯までカレーに染まっていく姿は痛々しく涙を誘う、ということはなくハチクマも古兵フライパンも忙しさで目を回しそうになっていた。

ぐぐっ……と、ブレーキが掛かる感覚が足から伝わった。停車駅が近いのだ。客はもうまばらで、カレーもウスターソースも卵も底を尽きかけていた。ここで注文品を積み込むことができれば、夕食客に対応できる。

「カレーライスを食わせてくれ、これと同じものを」

今度は反対側から客が来た。ブレーキが掛かったことで、食堂車の匂いが前方の客車に押し流されてしまったらしい。みるみる席は埋まり、並んで待つ客まで現れた。

「カレーライスは、もうありません。売り切れです」

「次の駅で積まないのか?」

ハチクマが唇を噛んで唸っている。古兵フライパンは、もうへとへとである。皆で顔を見合わせた結果、嘘を言っても仕方がないと意見が一致した。

「注文しています」

「なら座って待つ。積まなかったら諦めるよ。なあ! みんな、それでいいだろう?」

待っている客の全員が、おおっ! と声を上げた。値段を説明しても、誰ひとり欠けることはなかった。全員が見ず知らずの間柄なのに一体どうしたのだ、この結束力は。


停車駅には注文品が準備されていた。

注文したのだから届いて当然で、そうでなければ困るのだが、この状況を考えると複雑な気分である。

搬入扉を開けて積み込もうとしたところ、弁当売りが一斉に駆け寄り、食堂車を取り囲んだ。

「カレーを売らんでくれ！　弁当が売れなくて困るじゃないか！」

弁当売りに平謝りして、急ぎの方は弁当を！　と食堂に向けて声を掛けた。食堂車のコックが駅弁の宣伝をするとは、何とも妙な光景である。

しかし、全員がカレーライス待機中の身体となってしまっている。

古兵殿の「もう勘弁してくれ」という声が聞こえた。ハチクマは慈しむような目で彼を見つめて、

「えらいすんませんなあ」

とつぶやいてから、再び戦場へと送り出した。


「バカモン！」

日本食堂本社に雷鳴がこだました。怒られているのは、もちろんハチクマである。レジの緻密かつ芸術的な勘定により、列車食堂に売上の狂いは発生しなかった。だが客のひとりが日本食堂本社宛にお礼の手紙を送ってしまったのである。

理由《わけ》あって大阪を離れることになってしまったが、その前に難波自由軒の混ぜカ

レーを食べられなかったことが悔やまれていた。それがまさか食堂車で食べることができるとは、夢にも思わなかった。これで心置きなく東京で頑張れる、本当に感謝しかない。故郷に錦を飾れるようになったら、改めてお礼をさせてもらう云々《うんぬん》。

「泣かせるじゃないか、ハチクマ。どうだ、列車内営業取扱手続を破り、メニューにないものを客に出して感謝される気分は」

目に怒りを満ち溢れさせる支配人に、ハチクマは正座して詫びていた。分厚く柔らかい絨毯のお陰で、足が痛くならないことだけが救いであった。

しかし難波の混ぜカレーとは違って辛みが少なく、深みのある味わいだったのは、やはり高級な列車食堂のカレーライス故のことだろうか。卵、ウスターソースと混ぜると上品なカレーに果物のような香りが加わり卵の甘さで酸味がほどよく抑えられ云々と、味の感想まで事細かに記してあった。

手紙を怒りにまかせて読み上げている支配人は、その部分に差し掛かると次第に口調から棘《とげ》が取れて、とうとう生唾を飲み込んだ。

「どうして、このようなものを勝手に作った！」

「研究を兼ねて、まかないとして作ったのです。客にどうしてもと押し切られ、仕方なしに作ったのです。すると続いてくる客が口を揃えて、同じカレーライスをくれと言うもので、信じられない数を売ってしまったのです」

そういった必死の弁明むなしく、支配人に雷を落とされた。

「言い訳無用！」

言い訳させたのは支配人なのだが、それは腹の底に仕舞った。今はただ、絨毯の感触を額で感じるだけである。

「それでその、一体どんなカレーライスなんだ」

「手紙に記してある通りでございます」

そう答えると、しびれを切らした支配人は激怒した。

「だから、どんなカレーライスなのかと聞いているんだ！　四の五の言わず作って持ってこい！」

脱兎のごとく支配人室を飛び出したハチクマは、厨房へと駆け込んだ。

支配人室にはよく呼び出されているが、陸《おか》の厨房に入るのは果たして何年ぶりだろう。

借りてきた猫のように緊張した面持ちで、こそこそキョロキョロと隅にいると、同期のコックに見つかった。

「おう！　久しぶりだな。ここにいるっていうことは、また何かやったのか？」

「君がいて助かった。陸《おか》の従業員は、ほとんど知らないからな」

「それで、何の用だ？」

「不要のフライパンにカレーライス、生卵、あと七輪を貸してくれ」

またこいつは変なことを言い出す、そう眉をひそめつつ頼まれたものを集めてハチクマに渡した。

「いずれ大砲の弾にでもなって国に報《むく》いるのだろうが、そうなる前にもう一仕事だ。頼むぞ、フライパン一等兵殿」

「古兵なんだ、せめて上等兵にしてやれ。カレーソースは冷めていていいのか？　それになんだ、七輪って」

「いや、助かった、ありがとう、ありがとう」

ハチクマはカレーライスが載ったフライパンと生卵をそれぞれの手で掴んだまま、七輪まで器用に持ち、扉を尻で押して、こそこそと厨房を出ていこうとした。

「おい、ハチクマ！」

とんでもない姿勢で立ち止まったので、いつまで経っても変わっていないことに安堵して、つい吹き出してしまった。

「陸《おか》に戻ってこいよ、待っているからな」

ハチクマは悪戯っぽく歯を見せて笑い、去ってしまった。

失礼します、と言って支配人室の扉を尻で開けて入ってきた。本当に失礼な奴である。

かなり無理な姿勢でフライパンと七輪と生卵を持ってきたので、支配人は動揺して、とりあえずフライパンと生卵を受け取った。

「おい、まさかここでやるのか」

「厨房で作ると、厨房全体がカレーの匂いになってしまいます」

自分が何をやったのかわかっているのか！　と支配人は言いかけたが、ハチクマはせっせと窓を開けて七輪の炭を火箸で突いていたので、言う気がすっかり失せてしまった。

七輪の上にフライパンを載せ、あとは先日さんざんやった要領でカレーとライスを焦げ付かないように混ぜていく。

始めの手順が異なるが、今日は緊急事態なので仕方がない。

支配人室いっぱいにカレーの匂いが広がって、支配人の鼻を、胃袋を刺激した。その匂いは開け放たれた窓から外へ、扉の隙間から廊下へと漂って、周辺の人間を無差別攻撃していた。

カレーライス爆弾があったとしたら、日本人はきっと戦意を喪失しまうだろう。


「あ！」

「どうした！　ハチクマ」

　支配人が身を乗り出した。

「皿がない」

「取ってくる」

　支配人が廊下へと駆け出した。

　息を切らせて持ってきた皿に、十分混ざったカレーライスを盛り付けて、中央にくぼみを作り、卵を割り落とす。

　この手順を支配人は、夢中になって見つめている。


　レストランの古株コックが目尻も眉尻も釣り上げて、支配人室に飛び込んできた。

「ハチクマが匂いを撒き散らすから、レストランの注文がカレーライスばかりだぞ。貴様、何をしている！」

「すまない、取り込み中だ」

「バカモン！　出ていけ！」

まさかの支配人の一喝に、コックは尻尾を巻いて厨房へと逃げ帰った。

「しまった」

「今度はどうした！」

「ウスターソースがない」

「もういい！」

支配人は厳めしく皿を奪い取り、カレーライスを仏頂面で貪《むさぼ》った。それをぽかんと見つめるハチクマは、七輪とフライパンを下げて帰れと支配人に命ぜられた。

ハチクマが言われた通りに退室して扉が閉まった途端、支配人の顔がほころんだ。口角が上がり目尻は下がり、時折「んふっ」と嬉しそうな鼻息を漏らしている。こんなカレーライスがこの世にあったのかと、心から喜んでいる様子である。

しかし食べ進めるうち、何か物足りない気がしてきた。

何が足りないのか、列車食堂支配人として分析せずにはいられない。

コクと深みのある味のカレーソースがライス、そして生卵と混ざり合うことで、棘はないが、刺激が足りなくなっている。

しかし、欲しているのは辛さではない。あるに越したことはないが、あとから加えるのは筋違いというものだ。

そうだ、香り。

数多の香辛料が織り成しているカレーソースの芳醇な香りも、生卵が包み込んでいる。

これに加えるならば……。

甘さだ、果実のような甘い香りだ。

果実の香り、新たな刺激、それを引き出す調味料とは一体何だ。

ウスターソースだ！

新たな刺激として、果実の酸味を加えるのだ！

ハチクマがないと言っていた意味が、ようやくわかったぞ。ウスターソースは必須なのだ。

食欲に負けて、ハチクマを追い出した自分自身が恨《うら》めしい。

だが、下がるように言ってしまったからには、後悔しても仕方がない。

生卵の抱擁によって、まろやかに変貌を遂げたカレーライスを、最後のひと口まで堪能しようではないか。


だが……。

しかし……。

しかし……。

やはり、ウスターソースが欲しい。

「支配人、ウスターソースをお持ちしました」

とうとう支配人は、渇望に弛《たる》んだ顔をハチクマに見られてしまった。

ちなみに件《くだん》の食堂車ではしばらくの間、カレーライスがよく注文されたそうである。

スチュードタング

チョビ髭の男が恰幅の良い身体を小さく丸めて眉間に深いしわを寄せ、首を右に左に傾けながら開いたメニューを見つめていた。その姿は達磨か起き上がりこぼしのようで、何とも滑稽である。

スッと背筋が伸びると同時に腕が上へ、腹が前へと突き出された。

パタパタとやってきたウェイトレスに、チョビ髭男が再び眉をひそめつつ、ひとつのメニューを指差した。

「何だね、このス、ス、ス……」

「スチュードタングですね、タンシチューです」

するとチョビ髭男の丸い顔がみるみる真っ赤になっていき、眉と目尻が吊り上り、口角は力強く左右に引っ張られ、端から噛みしめられた歯が覗いた。

身体が二倍にも三倍にも膨れ上がるような威圧感が溢れ出たので、小さく整えられた口髭はより一層小さく見えた。

ウェイトレスが危険を察知して後ずさりをするとドカン！　とテーブルが鳴り、窓辺の花もソース差しも驚いて飛び上がった。

「敵性語ではないか！」

この一喝に、弾むような会話も、皿と什器《じゅうき》が奏でていた軽快なリズムも一瞬にして止んでしまった。

ゴトゴトと車輪が重々しく跳ねる音と、ジィィィッと油が弾ける微かな音だけが響く、深夜の夜行列車のような静寂が訪れた。

「先の大戦では協力関係だったのに、こっちが困っているときは非難ばかりで、連携したかと思えば手の平を返す。そんな米英の奴らの言葉など、使うべきではない！」

数々の事変を繰り返して本格化した大陸での戦闘は、泥沼の様相のまま三年も続いており、その終わりが見えなかった。

空爆をして非難され、和平交渉は決裂し、血みどろにして大混乱の戦闘を繰り返して都市を制圧、東亜の安定を宣言すると批判され、ソビエトとも衝突し、アメリカの経済制裁を受け、相手の抵抗はとうとう反撃となり、敵国の輸送路遮断に協力したイギリスは手の平を返した。

互いに接近し合っていた日本とドイツとイタリアの三国で同盟を結び、世界は二分されることとなった。

「五族協和の王道楽土という満州国の理念が、何故わからん！　八紘一宇《はっこういちう》を実現する東亜新秩序を、何故非難する！　大東亜共栄圏という崇高な計画が、何故理解できん！」

ウェイトレスに熱弁を奮ったところで、どうしようもないことなのだが、茹で蛸のように真っ赤な顔で、腕を振り上げながら訴える愛国心の暴走は、誰にも止めることができなかった。

「そのようなときに何だ、これは！　メニューなどと書きおって、敵性語から始まっているではないか！　日本には『献立』や『お品書き』という言葉があるだろう、即刻改めろ！」

逸《そ》れた矛先が、再び列車食堂に返ってきてしまった。ウェイトレスは返す言葉もなく唇を噛んでいる。

時々ごく稀にではあったが、チョビ髭のような極端な国粋主義や、民族主義に染まった意見を巷で耳にすることがあった。

実際、そのようにすると生活が不便極まりないので反応は冷ややかであったが、これに反論すると愛国心がないのかと言われてしまいそうで、ただ黙って聞いていることが多かった。

できる反撃と言えば、言い替え方を質問攻めにするくらいだろう。

「それに洋食ばかりではないか！　刺身や煮魚や焼魚はないのか！」

運の悪いことに、今では希少になってしまった洋食しか提供しない食堂車である。

列車が違えば昼定食に焼魚、夕定食に煮魚や刺身が供され、一品料理に親子丼や鰻丼があり、幕ノ内弁当の販売もあっただろう。

チョビ髭男の不運を呪った。

「それで今日の夕定食は何だ」

ウェイトレスは恐る恐る、フライドフィッシュとビーフステーキです、と告げた。

列車食堂に怒号が響き、窓辺の花とソース差しは再び跳ね上がり、恐怖に互いの身を寄せ合った。

周りの客は敵性料理を食べている気まずさから手を止めたままで、この間にみるみる料理が冷めていく。

しかし温かいうちにと口に運んだところで、今の気分ではきっと砂を噛むようであろう。普通のコックであれば、嫌なら出ていけ弁当を買えとつまみ出すところだったが、今日は普通ではなかった。

油の音が止んだと思うと、パントリーが盛り付けた料理をハチクマ自らが給仕して、チョビ髭の元へと向かっていった。

「当列車食堂のコッ……調理師です。ご注文にお困りのようなので伺いました」

えんえんと怒鳴り散らされたウェイトレスは、ハチクマの陰に隠れてチョビ髭をキッと睨みつけていた。もうひとりのウェイトレスは、お気になさらず、お召し上がりくださいと各テーブルに声を掛けて回っている。

「今、大日本帝国がどんなときかわかっているのか！　敵性語ばかりを並べて、敵国の料理ばかりを供して、日本食堂は緊張感がない！」

大事な職場を非難されて、さすがのハチクマもカチンときた。眉間に一本のしわが寄り、奥歯にギリギリと力が入った。

確かに市中では見かけない食材が載せられているが、メニューの表紙絵は汽車から戦艦に変わり、

『聖戦の意義と時局の重要性を認識し英霊に感謝し労苦を偲《しの》び簡易な食事で節約せよ』

といった長ったらしい文言が入り、一品料理はひとり一品のみ、ビールと日本酒はひとり一回一本の注文に制限されている。

レンジに使う石炭も火力が落ちた気がするし、テーブルクロスが復活する見込みは

ない。男を工場や戦地に取られ、パントリーやレジにも女子が採用され始めた。父子家庭のひとりっ子とはいえ、三代目が出征せずに残っているのは奇跡である。

軍部の指導による食堂車廃止、という噂も聞いている。時局を知らないどころか、日々肌で感じているところであった。

しかし、そんな様子に気付くことなくチョビ髭は、メニューを食い入るように見つめていた。

「ビーフステーキはアメリカ料理ではないのか。却下だ、カレイの煮付けにでも変えろ」

そんな無茶な、と思いつつ注文が決まるのを待った。しかしカレイの煮付けが選ばれたのは何故だろう。チョビ髭の好物なのだろうか。

「ハンバーグもアメリカ料理ではないのか」

「ドイツ料理です」

「うぬぬ……同盟国か、許す」

この人は一体、何様なのだろうか。

国文学者か、単なる国粋主義者か、歪《ゆが》んだ民族主義者か。早く決めてくれないかと苛立《いらだ》ち、両の親指でくりくりと手遊びを始めた。

「シチュードビーフは？」

「シチューの発祥はフランスです、今はドイツの一部になりました」

しかしビーフシチューはイギリス料理である。うまく誤魔化せたようだ。

「ぐぬぬ、そうだったか。では、いずれドイツ語になるのだろう」

「オムレットもフランスです」

「そうか。コールドビーフは？」

軽く流されてしまった上、痛いところを突かれてハチクマの顔が苦々しく歪んだ。

それをチョビ髭は見逃さず、満足そうにニヤリと笑った。

「イギリス料理です」

「ほれ見ろ、敵性料理ではないか。刺身にしろ」

一進一退の攻防を、周りの客は面白がって見届けている。

このままでは不味い、負けてしまう、というところでチョビ髭が広げるメニューが目に飛び込んで、ハチクマに希望の光が差し込んだ。

これは形勢逆転の好機だと、背筋を伸ばしてハッキリと言い放つ。

「あとは日本の料理です」

「な、何？」

片仮名が踊るメニューを富士眉で睨みつけた。一体どこに日本語があるというのだ。

「カレーライスはインドが起源で、イギリスで形を変えましたが、列車食堂で供しているものは大日本帝国海軍で作られました。野菜を多く入れて、滋養があるものに改良したのです。イギリスに同じカレーライスはありません」

列車食堂で聞かされた、海軍さんの自慢話が役に立った。さすがのチョビ髭も、海軍の名が出ると東郷元帥が思い浮かばれて反論できない。

「うむ、より良くするのは日本人の十八番《おはこ》だ」

「ハムライスもチキンライスも日本生まれの料理です。チキンライスは、ひとりでも多くの孤児や貧民の子供を洋食で救うためにと作られました」

チョビ髭も周りの客も、チキンライスの秘話に感動しているようだ。特にチキンライスを注文していた客は、偶然であるにもかかわらず誇らしげである。

クリスマスに教会で、というのは黙っておいた方がよさそうだ。

「オムライスも日本生まれです。大阪の洋食屋が胃弱の常連客を思いやって作ったものを、列車食堂でも供しています」

「何と美しい話だ、日本人は素晴らしいな！　慈しみの精神で料理が生み出されたのか！」

チョビ髭は、すっかり上機嫌である。布袋さんか恵比寿さんのようにコロコロと笑っており、ついさっきまで憤怒の形相だったのが嘘のようだ。

そろそろ注文を取りたいのだが、まだまだ聞きたそうな顔をしている。これは気が済むまで話を続けるしかなさそうだと、組んだ手の中で再び手遊びを始めた。

「ハヤシライスも日本生まれだな！　確か日本橋の本屋だ」

「それが諸説ありまして、私も色々と聞いております。しかし日本生まれであることには間違いありません」

ハヤシという人が関わった説がふたつある他、イギリス料理のハッシュドビーフが訛《なま》ったのだ、という説もある。

ハチクマが働いた先々で、それぞれ聞いたので一体どれが本当かわからなかった。いずれにせよ、後者は黙っていた方が良さそうだ。

「そうか、ライスを名乗るものは日本のものと思っていいのだな。米を食うと力が湧く、大日本帝国の力の源だ」


食事を済ませた客にウェイトレスが勘定を促すと、名残惜しそうに食堂車を後にした。入れ替わりに来た客に注文を尋ねると、これが終わったら頼むと言ってニヤニヤしている。

そもそも、コックが厨房にいないのだから仕方がない。

「なるほど、ハムエッグも日本生まれか」

そうです、と答えつつ額に汗した。

ベーコンエッグはイギリス料理である。

無用な指摘を受けてはならぬと、話を続けることにした。

「カツレツもフライドフィッシュも日本独自のものです。元になったフランス料理は少量の油で炒め焼きにしますが、日本では天ぷらの要領で、たっぷりの油で揚げます」

「ううむ、まさに日本の伝統だな」

「コロッケの元はフランス料理で、オーブンで焼いていました。油で揚げるのはカツレツ同様、日本ならではです。手軽なものへと改良し普及させたのは、肉屋の努力の賜物です」

チョビ髭も他の客も従業員でさえも、すっかりハチクマに感心してしまった。

風来坊のようにあちこちの店で働き、美味いという話を聞きつけてはあちこちの洋食屋で食べ歩きをした食道楽の賜物である。

「なるほど、では言い替えようではないか。
カレーライスは辛味入汁掛飯。
ハヤシライスは甘味入汁掛飯。
チキンライスは赤茄子洋鶏飯で、
ハムライスは塩漬け肉飯。
オムレツは洋卵焼きで、
オムライスは卵包み洋鶏飯。
シチュードビーフは牛肉煮込み汁、
スチュードタングは牛舌煮込み汁、
ハムエッグは塩漬け肉添え目玉焼き。
カツレツは横浜に漢字書きの店があるからいいとして
コロッケは油揚げ肉饅頭、
フライは洋天。

「これでどうだ！」

つらつら出てくるあたり、このようなことを普段から考えているのだと思わせて、従業員は震えあがった。とてもじゃないが、どれもこれも何が出るのかわからず美味そうではない。牛舌煮込み汁は、いくら何でもひどすぎる。

しかしハチクマは、落ち着き払った様子で穏やかに言葉を返した。

「西洋料理店と洋食屋では同じ名前の料理でも、出てくるものがまるで違います。日本人が愛してやまない米、それに合う味へと改良したものが洋食です。味付けにはトマトケチャップやウスターソース、胡椒の他に醤油など日本古来の調味料も使います。

だから日本人にも馴染みやすい味になっているのです。

ここに書かれている料理の数々は、もはや日本料理にして日本語です」

とうとう観念したチョビ髭が力なく仰け反って、丸い腹がみっともなく突き出された。

「いやはや参った、感服した。さすが日本食堂のコックだ」

恐れ入ります、と頭を下げるハチクマは無血開城を果たしたような気分であった。

従業員たちもようやく緊張が解けて、穏やかな表情を見せた。

敵性語を排除せよと言われてしまうと、厨房も食堂も、言葉の言い換えばかりになってしまう。仕事が回らなくなることが想像され、気が気ではなかったのだ。

このチョビ髭が実は偉い学者先生で、いよいよ敵性語規制が始まる際には、洋食や厨房にとっていい結果となるよう進言してくれれば。

そう願うばかりであった。


「ところで、ご注文は」

「ああ、すまん。頭に血が上っていたせいで、何も決めていない。しかし色々な料理の名を聞いているうち、食べたような気になってしまったな。何か軽いものにしておこう」

厨房でお待ちしております、と言ってハチクマは下がって行くと、ふたりのやり取りを夢中になって聞いていた他の客たちもようやく注文を始め、列車食堂はいつものにぎわいを取り戻した。

ウェイトレスが誇らしげにチキンライスおひとりさん、と注文を通すと、満面の笑みを浮かべたチョビ髭が腹を突き出し、手を真っ直ぐあげた。

チキンライスを作るために石炭レンジにフライパンを置くと、三代目が嬉しそうな顔をして近寄ってきた。

「ハチクマさん、さすがお詳しいですね。勉強になりました」

するとハチクマは困ったような表情をしてみせた。

「いやあ、あれで合っていたかな」

「え？」

「食べに行った先や働いた先で知ったことばかりだが、自信のないこともあってね。少しだけ適当なことも言ってしまった」

「出まかせだったというんですか！」

目を剥いて声を上げる三代目を、まあまあと小声で制していると、ウェイトレスが
カウンターにやってきた。

チョビ髭がやっと注文したのだ。

「サンドウィッチおひとりさん」

それは紛れもなくイギリス料理だった。

平野水

慣れぬ東北路の心細さを埋めてくれた三代目の将来にハチクマは考えを巡らせた。知識も経験も腕前も十二分で、いつコックになってもおかしくない三代目ではあったが、列車食堂コックは充足しており空きがなく、未だパントリーに甘んじていた。陸《おか》のレストランであれば時々空きが出ていたが、限られた人数と設備で多種多様な料理を提供する列車食堂のコックは、三代目本人の強い希望であった。陸からの誘いを断っている、という噂も聞くほどだ。

揺れの中で長時間立ち続ける過酷な仕事とはいえ、東京から大阪、神戸、下関、青森や新潟にも行くことができる列車食堂勤務は、旅行気分を味わえると人気もあった。ハチクマが珍しく長続きしている理由のひとつも、それが食道楽を満たすことができるからだ。

そんなハチクマの思案を察したのか、三代目が何気なく問いかけてきた。

「ハチクマさんがコックになって初めて作った料理は、何ですか？」

何だったろうかと考えているうち、何やら嫌なものを踏んづけてしまったような妙な顔をした。

あれは確か九年前だから、昭和六年――。

＊

瓶を積み込んだ際、嫌な音がした。

恐る恐る様子を窺うと、王冠が歪んでしまったのだとわかり、まず周囲に気付かれていないかをパントリーは確かめた。

ウェイトレスは食堂の準備に忙しく、コックは厨房の準備に勤しんでおり、ついこの間まで台湾銀行にいたレジは、値段を覚えるべく穴が開くほどメニューを見つめていた。屋根の上では、新米パントリーが石炭レンジの煙突掃除をしている。

この新米パントリーが、どうもいけ好かない。

どんな雑用を押し付けても嫌な顔ひとつせず、音も上げない。

ついこの間レストランに入って、つい先日列車食堂に移ってきたばかりのクセに、やたらと料理に詳しい。

何より関西、滋賀の生まれのせいか、おっとりしていて反りが合わない。

しかも奴が、そんなことをまったく気にしていないことに、益々腹が立つ。今日のコックも同じことを考えており、ふたりで「滋賀作」と呼んで馬鹿にしていた。


そうそう、瓶の王冠だ。

炭酸水だから放っておくと気が抜けてしまう。

注文が入ったら、まずこの瓶を空ければいいのだろうが、すぐに注文が入る保障などない。

コックに謝ろうという考えは、言葉になる前に泡と消えていた。

滋賀作のせいにしようにも、今あいつは屋根の上だ。

すると唐突にひらめいて、パントリーは頭上に灯った電球を見上げた。

コックのところへ行ったパントリーが、こそこそと話してから例の瓶を見せる。そこへ煙突掃除を終えた滋賀作が、プラットホームに積まれた食材を運び入れた。ふたりは滋賀作を見て、いやらしく笑い合っていた。


東京駅を発車して、一時間。

パントリーが鼻の穴を見せつけながら、先輩風を吹かせてきた。

「おい滋賀作、平野水《ひらのすい》って知っているか」

「ああ、矢羽根のラベルの。兵庫川西の名物ですわ、甘くて爽やかで私も好きです」

パントリーがつまらなそうに舌打ちをした。

滋賀の田舎者なら知らないと思っていたが、関西の名物だとは、うかつだった。誤魔化すのに必死で、考えが甘くなってしまっていた。

そもそも明治の頃からあるもので、しかも列車食堂の商品なのだから、知らないはずがない。

しかしパントリーは平静を装ってカチカチと音を立てながら瓶をいくつか取り出して、蓋のあたりを隠すように掴んで持ってきた。

「皿洗いしかできない滋賀作に、平野水を教えてやるよ。これがサイダー、これがレモネード、これがジンジャエール、これがレモラだ」

矢継ぎ早に渡された瓶を受け取ると、今度はコックが鬼瓦のような顔をして呼んできた。

「おい滋賀作、貴様に特別に石炭レンジを見せてやろう。早く来い」

一旦、瓶を置こうとするとパントリーが、

「倒れて割れたらどうする」

と言い、では仕舞おうとするとコックが、

「早くしろ」

と言う。

滋賀作は、あっと小声を出してパントリーに何か申し出ようとしたが、またコックが、

「二度と見せないぞ」

と急かすので、仕方なく瓶を抱えたまま石炭レンジの勉強に向かった。


「いいか、上がコンロだ。鉄板の真ん中が一番熱く、その脇、そして端に行くにつれ火力が弱くなる。こら、もっと近くに寄れ。

火力は一定なので調整は場所で行う。飯炊きでは最初は強火、吹き上がったら羽釜とコンロの間に、この蛇の目という輪を挟む。ほれ、離れるんじゃない。

下はオーブンだ、もっと近付け、よく見ろ。

そしてここが投炭口だ。どうだ見えるか。石炭は、隣の箱に仕舞ってあるのは知っているな」

瓶を抱えた滋賀作が赤々と燃え盛る石炭を見つめていると、瓶の歪んだ王冠が投炭口めがけて飛び込んでいった。

同時に、瓶の中身が勢いよく吐き出され、石炭レンジは断末魔の叫びを上げた。

真っ赤に燃えた石炭が、みるみる黒くなってしまった。

コックは硬直し、パントリーは青ざめ、レジは目を見開き、ウェイトレスは息を呑み、滋賀作は空になった瓶を抱えたまま呆然としていた。

パントリーは滋賀作がびしょ濡れになったら面白いと思い、それにコックも乗ったのだ。

しかし、まさかこのような結果になるとは思いもよらず……いや、滋賀作だけは気付いていたのだろう。威圧的なふたりの板挟みになり、言えなかったのだ。


定食まで、あと一時間。

不幸なことに、この列車は特急燕。次の停車駅は名古屋、これから四時間以上も走り続ける。

「滋賀作め、よくも火を消してくれたな！　今すぐ罐《かま》に行って石炭を取ってこい！」

コックに言われて滋賀作はバケツを手にして、三等車の方へと走っていった。

その姿を見送ると、パントリーは列車が渓谷を縫うように走っていることに気が付いた。

再び頭上に浮かんだ電球を見上げて、おもむろに空のバケツを取って二等車の方へと向かっていった。

先頭の汽車までは三等車三両と水槽車、炭水車を越えなければたどり着かないが、ここは箱根を迂回する山越えのため、補助機関車を連結している区間。

二等車二両と一等展望車一両を通れば汽車、こっちの方が早い。

得意気な顔で「遅いぞ滋賀作」と見下して、鼻の穴を見せつけてやることを考えると、笑わずにはいられない。

ニヤニヤしながら二等車を通り抜け、一等車に入ると、古株のボーイがお茶を淹れていた。

「おやパンさん、何の御用ですか」

「いいえね、うちの滋賀作が粗相をして石炭レンジの火を落としちまったもので」

「それは災難ですな。しかし、ここには湯沸かしの炭しか――」

と、言いかけたが、パントリーはソファーでくつろぐ紳士淑女に遠慮せず、ズカズカと歩いて展望デッキへと出たものだから、ボーイは飛んで引き留めた。

「ダメだよ、パンさん！　もうじき切り離しだ！」

「まだ切るな！　石炭をもらうんだ！」

「やめろ！　パントリー欠乗《けつじょう》なんて、クビどころじゃあ済まないぞ！」

補助機関車の先頭では、別のボーイが連結器の解放てこに手を伸ばしていた。


三等車先頭から手荷物室に入ると、待機している交代の機関士が不思議そうな顔をして声を掛けてきた。

「どうしたんだ、パンさん」

「食堂車の火が消えてしもうたんです」

機関士も機関助士もギョッとした顔で、まさか汽車まで取りに行くのか、と言うと滋賀作は石炭で汚れるからと服を脱ぎ始めた。

「危ないから俺たちが行くよ。取ってきてやるから、そこで待っていろ」

「いいえ、私に頼まれた仕事です」

仕切り扉を開けると、向かってきては飛んでいく渓谷の中、真っ黒な水槽車がギシギシと揺さぶられていた。

この水槽車が、特急燕だけが行う東京～名古屋駅間無給水運転の切り札である。機関士も機関助士も、この水槽車と炭水車を越えて走行中に交代する。

滋賀作は、そこを渡っていこうと言うのだ。

列車の速度と汽車の呼吸を肌で感じながら、蒲鉾型の水槽車にめぐらされた狭い足場を、華奢な手すりを掴みながらそろりそろりと進んでいく。

箱型の炭水車は、水槽車とは違った動きでドシドシと揺れている。

中央の梯子を掴んで上ると、石炭に囲まれた窮屈な足場が汽車の方へ伸びていた。上部に組まれたやぐらを掴みながら進むと、これまでより汽車の息吹が感じられて熱い。

積まれた石炭が視界から消えると、小さな窓から正面を見据える機関士と、必死に投炭する機関助士の背中が見えた。

運転台までやってきたのだ。

背後の気配に感づいた機関助士が恐る恐る振り返ると、炭水車に裸の男が乗っていたので悲鳴を上げた。

よく見れば、東京駅で弁当を届けに来た新米パントリーである。

「あんた何しているんだ！　危ないじゃないか！」

機関士も後ろを見て「ギャッ」と叫んだ。

「えらいすんません。食堂車の火が消えてしもうたので、石炭を頂きに参りました」

火力が強いから少しでいいだろうと、投炭口近くで燃え盛る練炭を機関助士から分けてもらい、来た道程《みちのり》をそろりそろりと戻っていくと、機関助士が手荷物室の仕切り扉を開けて滋賀作を出迎えていた。

「パンさん、よく生きて帰ってきたね。ご苦労さん」

使命感や義務感、浮かんでくるコックの鬼瓦顔で成し得たが、労いの言葉をかけられて我に返った。恐ろしいことをしたと気付き、全身が恐怖に震え出した。

「機関士さんら、あんなところ通って交代しますのか。えらいことやわ」

「腰を抜かしとる場合か。あんまり遅いと、あのうるさいコックにどやされるぞ」

と背中を叩かれて身支度をし、震える足を抑えつつ食堂車へと戻っていった。

「貴様、何だその顔は！」

顔も手も、煤で真っ黒になっていたのだ。服は白いままなので、なおさら目立つ。

しかしそれは、自力で汽車まで取りに行った動かぬ証拠で、コックは、

「落ちて死んだらどうする！」

と叱りつけようとしたが、心配しているようなのが嫌で、ためらった。

するとウェイトレスがそれを言って、滋賀作はペコペコと頭を下げていた。

そしてパントリーが空のバケツを手に提げて、自慢の鼻をへし折られて帰ってきた。

石炭レンジは息を吹き返したがコックの労いは一切なく、いつものように定食を供し、お世辞にも美味いとは言えないパントリーが作ったまかないを交代で食べ、ウェイトレスが一品料理の案内を行った。

滋賀作はずっと皿洗いである。


「チキンライスおひとりさん、ハンバーグをライスでおひとりさん」

皿洗いを済ませると、コックはフィッシュフライに集中しており、調理が滞っていることに気が付いた。

滋賀作は「加勢します」とフライパンをふたつ石炭レンジに載せた。

皿洗いの分際で何をしている、と言おうとするよりも早く、慣れた手つきでハンバーグを焼き、チキンライスを炒め、ハンバーグを裏返したので何も言えなくなってしまった。

「ビーフステーキをパンでおひとりさん、ビーフカツレツをライスでおひとりさん」

チキンライスを盛り付け、ハンバーグをオーブンに突っ込み、またフライパンを出して、

「コック、フィッシュフライは揚がってます」

コックがフライを盛り付け、チキンライスと一緒にウェイトレスに渡す。

滋賀作はビーフステーキを焼き、
パン粉をつけた牛肉を揚げ、
ハンバーグをオーブンから出して盛り付け、

ビーフカツレツとビーフステーキを裏返し、ビーフカツレツを油から上げて包丁を入れ、ビーフステーキとビーフカツレツを同時に盛り付けた。

「ビーフカツレツの中が赤いじゃないか」

「これが美味いんですわ」


カウンターに空いた皿が並んだ、注文の滞りが解消したようだ。

使ったフライパンを手にすると、

「ほな、戻ります」

と言って、まずそれを洗って石炭レンジに置いてから皿洗いを始めた。

ウェイトレスがカウンターに肘ついて、滋賀作に声を掛けてきた。

「あんた、やるじゃない。今までどこかにいたの？」

「はあ、小さな洋食屋を転々としていました」

「こら、下品だぞ」

と、パントリーが注意するので、

「はあい」

と、ウェイトレスが生返事をすると、入れ替わりにチキンカツレツの注文が入った。

悔しいことだが、滋賀作の揚げたビーフカツレツがキラキラと輝いて、美味そうに見えた。

衣が白すぎると思っていたが、食べる客の様子を見ると、本当に美味いようである。

しかし、あんな田舎者から学ぶことや屈服するようなことは絶対にないと、コックは口をへの字に曲げた。

パン粉をまとわせた鶏肉を油に入れて、揚がる様子を観察する。

裏返し、これは美味そうな塩梅になってきたと自画自賛である。細かく弾ける油の中で、パン粉が煌《きら》めいているではないか。

もう頃合いだと油から引き上げてパントリーに渡すと、

「さすがですね、美味そうですね、滋賀作のとは違いますね」

と褒めちぎっている。

自分が作ったものより美味そうと聞こえれば、当然気になる。皿洗いの隙を見てチラリと覗いた滋賀作は、盛り付けられたチキンカツレツに目を丸くした。

ウェイトレスの迅速かつ丁寧な給仕に、滋賀作が声を掛ける暇《いとま》はなかった。

しばらくすると二等車のボーイが、血相を変えて食堂車に飛び込んできた。

客が、チキンカツレツに当たったそうだ。


東京に帰ってすぐ、従業員一同が支配人室に呼び出された。

ウェイトレスが、コックとパントリーによる嫌がらせや悪行三昧の数々を暴露すると、青ざめたふたりは別室へと連れて行かされた。

「いいの、私もうじき嫁入りするんだから。言いたいことは言った方がいいじゃない、ね？　それに言うのも大事だけど、言いやすい雰囲気にするのも大事な仕事よ」

そう言い放ったウェイトレスは、鼻息荒く胸を張った。

「コックの話では新米パントリーが勝手にチキンカツレツを揚げたということだが、そうではないのだね。むしろ助けた方ではないか」

「そうです。チキンカツレツの注文が通ったとき、彼は皿洗いをしていました」

ウェイトレスのハッキリとした証言を聞いて、支配人は考える素振りをしてから、手にしていた紙を開いた。

「わかった、もういい。君たちに処分はないから安心したまえ。むしろ感謝している」

そっと胸を撫で下ろして退室すると、支配人が滋賀作だけを呼び止めた。ウェイトレスもレジも安否を気遣い、閉まった扉に耳を当てている。

「さっきも聞いたことで申し訳ないが、君が一品料理の時間に作ったのはチキンライスとハンバーグ、ビーフステーキとビーフカツレツの四品。そうだね？」

はい、と滋賀作が答えると支配人は手元の紙をじっと見つめて、それは残念だとつぶやいた。

「君にまた連絡したい、悪いようにはしないから安心したまえ。引き留めてすまなかった」

頭を下げて退室しようとすると支配人が思い出すように続けた。

「ああ、それと特急燕は水槽車を外して、給水を兼ねて静岡駅に停車するそうだ。走行中の交代が危険だというのが理由のひとつだ。だから、あのような危ないことは二度とするな」

はい、と言って深々と頭を下げた。本当に危険なことをしてしまったと反省していた。

「それと、わかっていると思うが、あのふたりのような勝手なこともするなよ。いいね？」

＊

かつての支配人の言葉を思い出すと、ハチクマは寒気がして震えた。妙な様子のハチクマを心配して、三代目が顔を覗き込んできた。

驚いて目を逸らすと、隣の貨物列車が目について、更に驚いて飛び上がった。

あのときの水槽車が水運搬貨車となって、つながっていたのである。

「どうしました！」

「いいや、何でもない。ああ……初めて作った料理な、チキンライスやったかなあ」

普段は使わない郷里の言葉と、一品料理であることに驚かされた。

「定食じゃないんですか？　あっ、わかった！　お客の要望で定食の前に料理を出したんですね？　初めからハチクマさんらしかったのか」

あ、いや、と言葉を濁した。

あのときはまだ新米のパントリーだった。

始まる前からハチクマらしい話なのだが、それを三代目に言うのは申し訳なかった。

「違ったな、もう忘れてしまったよ」

ハチクマは、踏んでしまった嫌なものを誤魔化すような笑顔をしてみせた。

カクテル

一旦席に着いた紳士が「何ができますか」と言ってカウンターまでやってくると、旧友にでも会ったような顔で厨房奥のコックに挨拶をした。紳士の笑顔とは対称的に、会釈を返すコックはいかにも気まずそうな顔である。

「ハンバーグの……」

コックはたまらずカウンターまでやってきて、脱帽してかつての非礼を詫びると、紳士は焦ったような素振りをしてみせた。

「ええんです、むしろ懐かしうて嬉しかったんです」

その件は終わりにしよう、そう打ち切るようにカウンターに並んだ瓶に目をやって、マティーニを頼むと食堂を見渡した。

夜も更けて、客は彼ひとりしかいない。

「コックさん、ちょっと付き合ってくれませんか」

三代目に自分のコーヒーを頼み、紳士の向かいに座った。いくらハチクマでも、客と同席するのは初めてのことであった。


「コックさんは、ほんにアメリカに行ったことがないんですか」

「満州はおろか、朝鮮も北海道も四国にも行ったことがありません」

つられて郷里の言葉や訛りが出てしまわないよう慎重に答えると、紳士は少し残念そうな顔をしてから語り始めた。

「十年ほど前になります。私は鉄道の技師なんですが、今までにない電車を開発するため、欧米を回りました。あの日は、その新型電車を工場まで見に行ったんですわ」

それは京阪電鉄の「びわこ号」と呼ばれる電車だった。大阪〜京都〜大津を直通する名目で使用していた土地を、直通運転しないのなら返すよう京都市に迫られて作った電車である。

大阪〜京都間の高速運転と高いプラットホーム、京都〜大津間の急勾配、急曲線、低い電停のすべてに対応するため、高速走行能力と登坂能力、二種の乗降扉と集電装置を小さな車体に詰め込んでいた。

最大の特徴は、ふたつの車体を連結器ではなく車輪を収めた台車がつなぐ連節構造で、これは日本で初めて採用された機構であった。

「車庫に行って電車を好きに見てくれと言われて、まず連節部だと床下に潜り込んだら、アメリカ人技師がえらい驚いていましたわ。あっちの電車は進んでます。鉄道省の技官も行った方がええのに」

「私ども、列車食堂従業員も勉強になりますか？」

「そうでンな、鉄道省はヨーロッパがええと思います。ヨーロッパの車両は長いだけで幅は日本とそう変わらんけど、アメリカの車両は全部が大きすぎて、参考になるかどうか」

「どこの料理が一番美味かったでしょうか」

鉄道はいい、飯の話をしてくれ、前のめりにハチクマが尋ねたが紳士は落ち着いた様子である。

「イタリアかな。半島の国で魚をよう食べるし。スパゲッチとか、あれは何ちゅうたかな、薄いパンにトマトソースやチーズをかけて窯で焼いた料理とか、どれも美味かったなあ。それでイタリアには時速百六十キロで音もなく走るムッソリーニご自慢の電車があって、試験では時速二百キロを出したそうです。軍が防衛上問題ありと言うから鉄道省は電化に消極的ですが、地形が似とる同盟国やさかい、日本でもいずれ走らせるようになると思いますわ」

ハチクマは、ちょっと困ったような顔をしていた。

「フランス料理は如何でしたか」

「どれもソースが美味いけど、味付けは日本の西洋料理店の方が好みかな。フランスはな！　ゴムタイヤを履いたガソリンカーがおってビックリしたわ！　タイヤが潰れるから車体を軽く、車輪を多くせなあかんけど、線路に粘るから速いし乗り心地もええ。そのまま使えはせんけど、何か生かせると思うわ」

これはもう駄目だ、諦めよう、彼は鉄道の話に夢中になっている。ハチクマがそんな表情を見せると、従業員たちは苦笑した。

「イギリスの汽車には時速二百キロも出るようなのがあるけど、凝ったことをするし設備が古いままやし、参考にならんと思う。走っている最中に客車だけ切り離したり、客車から汽車を操作したり、ようやるわ。特急燕もＣ53やめたやろ？」

確かに今年から、イギリス生まれの技術を使ったＣ53が、既存の技術を最大限に生かしたＣ59という蒸気機関車に置き換えられた。

大きくて重いので苦労はあるようだが、速くて扱いやすいので、機関士たちから好評である。

「ドイツは技術あるで。イギリスと並ぶ速さの汽車があるが、速いヂーゼルカーもある。これからはエンジンの強い国が世界を席巻すると思う。優秀な同盟国に勉強させてもらいたいなぁ。驚いたンはドイツには飛行機の形をしたプロペラで走るガソリンカーがあって、飛行船と同じツェッペリンいう名前なんですが、これが滅茶苦茶速いんですわ。ところが連結できん、駅のごみ箱を吹き飛ばすで、使い物にならん。確か一昨年、解体してしまったそうですわ。ドイツ人は堅くて真面目ですが、時々頭のネジが飛んだようなことします」

いつの間にか従業員全員がテーブルに着き、紅茶やコーヒーを手元に置き、紳士の話に聞き入っていた。その表情は、真剣そのものである。

「大日本帝国は世界から見て、どうなんですか」

三代目が問うと、食堂は緊張に包まれた。紳士は渋い顔をして腕を組み、しばらく考え込んだ。

「鉄道会社自ら百貨店や遊園地、住宅開発や売電にまで手を出しているのは、日本だけと違うかな」

技師が悩んだ末に出した答えが鉄道以外の営業だったことに、落胆を予感させた。

「技師として恥ずかしい話ですが、日本の技術はまだまだ未熟やと思う。新しい技術は出にくく、出たとしても固定観念に囚われ、なかなか認められない風潮がある」

従業員一同がハチクマのことを見て、すぐに目を逸らした。

「欧米では時速二百キロでの営業運転が目前ですが、日本の技術では時速百三十キロくらいが限界です。艦砲射撃を受けても復旧が早い言うて汽車が中心で、電車はそこら辺を走る程度やさかい、なかなか進歩せん。蒸気機関の代わりになり得るヂーゼルエンジンは世界全体を見渡してもこれからの技術ですが、ガソリンエンジンで日本は出遅れてしまっとる」

先ほど紳士が語ったドイツのディーゼルカーは、時速百六十キロで運転をしている。日本におけるガソリンカーはまだまだ黎明期で、その開発も私鉄の方が先行していた。

鉄道省は昭和十年に大型ガソリンカーを製造し、ドイツに続けと高速試運転を行って時速百八キロを記録したが、多くの課題も残したので、他を凌駕する性能を生かせていない。

また連結運転を行うときには一両ごとに運転士が乗らなければならない。それを解消すべくエンジンで発電しモーターで走る新たな方式などを模索していたが、このところは燃料統制の影響で開発は滞っている。

昭和十五年、大阪の西成《にしなり》線でガソリンカーが横転炎上し、百八十九人もの死者を出す大惨事が発生した。この原因は、燃料節約のためにと焦って、列車通過中にポイントを切り替えてしまったことによる。

逼迫する輸送と不足する燃料が巻き起こした、日本の現状を象徴するような事故であった。

「新しい技術欲しさに車両を少しだけ輸入して、そっくりそのままの車両を断りなく作っていますが、このやり方ではいずれ国同士の問題になる。C53に至っては弁装置の構造もわからんまま使っているらしいな。コックさん、あの時どうして汽車が動かなくなったか知っていますか？ C53はアメリカから六両だけ買った汽車の写しなんですが、大事な部品を必要性も知らんと薄くして、強度を落としてしまったんです。それが使っているうちに歪んだんですわ」

想定を超える厳しい言葉に、皆が愕然としてしまった。窓外の宵闇より暗く沈んだ雰囲気を払うように、紳士は明かりが灯るような声を出した。

「でもな、うちらがやろうとしているのは世界初なんや。一四三五ミリと一〇六七ミリの軌間のどっちにも対応できる台車を研究していまして、これが実現すれば大阪から京都、大津、さらには近江舞子や近江今津に直通できます。大阪から一本で夏は湖水浴、冬はスキーを楽しめますで」

レール幅の広い京阪電車とレール幅の狭い江若《こうじゃく》鉄道を、接続する浜大津駅を介して直通させようと言うのである。

食堂車従業員たちには、それがどれだけ大変なことか、まるでわからなかった。しかし世界初という言葉は魅力的である。

「省線列車が江若に乗り入れすれば、そういうものを作らなくても済むのに」

三代目の辛辣な言葉に紳士は困惑し、何とか気を取り直してから話を続けた。

「びわこ号も今話した列車も、アメリカのインターアーバンから着想を得たんです。日本のほとんどの私鉄がインターアーバンを参考にしていますが、街と街の間は特急並の速さで走って、街中は路面電車や高架鉄道、地下鉄に乗り入れるんです。アメリカの鉄道技術の粋がインターアーバンにありますわ」

「はぁ、アメリカの鉄道は栄えているんですね」

「それが斜陽産業なんですわ」

紳士が放った意外な言葉に、皆が驚きを隠せなかった。鉄道が斜陽産業など、とても想像ができなかったのだ。

「アメリカでは遠くは飛行機、近くは自動車が当たり前で、鉄道を使う人は減っています。そういうところも世界の先を行ってしまっている」

「飛行機と自動車が、そんなに普及しているんですか！」

日本では飛行機運賃が特急一等より高価な特別な乗り物で、鉄道を駆逐するなど想像ができなかった。

自動車も普及はしてきたが、当たり前というほどではない。

贅沢は敵だと言われているが、日本の贅沢がアメリカの当たり前などと、想像したくもないことだった。

「自動車に対抗するべく、ＰＣＣカーという新型路面電車が開発されて、もうあちこちの街を走っていますわ。音もなく走って、すぐに停まれる、乗り心地や運転士の使い勝手まで考えた、最先端の技術を詰め込んだ電車です。ＰＣＣは代表者委員会いう意味で、路面電車の存続に危機感を覚えた各社の代表が集まって作った、いう意味ですわ」

　廃れようとするものに総力を挙げて最先端技術を結集させる国なのか。アメリカの国力が伝わり、皆に寒気が走った。

　しかし使う側に立って設計することはうらやましく感じられた。複雑で面倒でも慣れたものの方がいい場合もあるが、与えられたものに慣れるよう努力することが当然と思っていたので、ありがたい話である。

「そう、アメリカの新型電車は、ブレーキも凄いんです。難しい話になるけど、日本のだいたいの汽車や電車はブレーキハンドルを一番奥のひとつ手前まで回してブレーキ力を上げて、その手前でブレーキ力を保ちます。速度が落ちてきたらさらにその手前に回して緩めて、奥で保って、緩めて、保って、という操作をするんです」

　紳士がハンドル操作をテーブルの上で実演していたが、皆が理解できるものではなかった。ただ機関士や運転士は、そんな面倒なことをしているのか、と思っただけである。

「それが奥に回すにつれてブレーキの効きが強くなるだけ、ちゅうのをアメリカのウエスチングハウスが作ったそうですわ。強めたければ奥、緩めたければ手前にハンドルを回すだけでええんです。さっきみたいにガチャガチャせんでもええ」

「それは簡単そうだ、我々でも運転できそうに思える」

「ガチャガチャ動かさんで済むから、ＰＰＣカーでは加速もブレーキも自動車と同じような足踏みペダル式ですわ」

「足踏みペダルなら、ミシンで慣れた私たちの方が上手く運転できそうね」

どんなブレーキでも列車を停めることは難しい作業なのだが、野暮なことは言わないでおこうと思い、紳士は話を続けた。

「これを応用して、むしろこのために開発したそうですが、加速とブレーキのハンドルをひとつにまとめた電車が出たそうです。片手でハンドルを掴んで、右に回して加速かな？　ええとこで真ん中に戻して転がして、反対に回してブレーキや。どっちか一方の手で運転して、もう一方の手で何かできます。もうアメリカの地下鉄では走っているそうです」

「ハチクマさんなら、どれだけ楽なのかわかるんじゃないですか？　片手で焼いて、もう片手で揚げて、時々オーブンを覗いているんだから」

「全部片方の手で済むのは楽なのか？　どんな料理ができるのか想像がつかないな」

皆の笑い声を聞き、技師でもない人たちに訳のわからない話を延々としてしまったことを自嘲した。

しかし誰でもいいわけではなかったが、この話を誰かに聞いてもらいたくて仕方なかったのだ。

「今年アメリカで完成したエレクトロライナーいう電車があるんですが、びわこ号を四両にしたような電車ですわ。出張で知り合ったアメリカの技師から絵葉書が届きましてン、まあ奴の自慢ですわな」

背広の内ポケットから取り出した一枚の絵葉書には、幾筋もの朱色の帯を巻いた緑色の流線型電車が青空の下に佇む姿が描かれていた。これがアメリカの風景なのかと、皆の目が釘付けになった。

「今できる最新の技術で最高の電車ができた、なんて憎らしいことを言いますわ。びわこ号は小さいから横長の椅子ですが、これは全席ふたり掛けロマンスシートや。シカゴでは高架鉄道を縦横無尽に走って、郊外は普通の線路を高速で走ります。試験は時速百八十キロを出したそうですが、閉まらんうちに踏切を通過してしまったので、郊外は時速百四十キロに抑えて走っているそうですわ。カフェかバーみたいな食堂車が一両あって、そこの名物はコックさんが私に作ったやつです」

「あれは料理としてあるものなんですか！」

ハチクマが目を見開いて絶叫すると、紳士は不思議そうな顔をした。

「そやから、知らんちゅうのが信じられんのや」

「アメリカの本物は、一体どんなものなんですか」

ハチクマの今にもよだれが垂れそうな顔に圧倒されて、紳士は椅子からずり落ちそうになっていた。

「パンの間にハンバーグの他、チーズやチシャ、トマトにベーコンを挟んだりするかな、まあ好きなもの挟んだらええ。上のパンを開けて、トマトケチャップとマスタードを好きなだけかけて、そのままやと分厚いから、手で潰して食べるんですわ」

ハチクマは感嘆して、まだ見ぬ本物のハンバーガーに思いを馳せた。そんな豪快で旨そうなものは、日本にはない。

自らが苦肉の策で作ったとはいえ、まだこの国では料理にはなっていない。できることならアメリカで食べたいと夢を見た。


紳士は、絵葉書の電車に乗ってみたいと溜息をついた。

どうすれば音もなく高速で走ることができるのか、どうすれば扱いが簡単なブレーキが作れるのか。今すぐシカゴに行き、その電車の床下に潜り込みたい。そして、日本の鉄道技術を進歩させたい。

そう願ってすぐ、うつむいて、ぽつりとつぶやいた。

「どうして……」

昭和十六年十二月八日、日本軍はアメリカ・ハワイ真珠湾の奇襲攻撃に成功、アメリカ海軍に甚大な被害をもたらした。同時にイギリス領マレーにも進軍、大陸での戦いに終わりが見えていない中のことである。

空いたカクテルグラスに、一粒の涙が注がれた。

コロッケ

恰幅のいい陸軍さんとヒョロリと痩せた海軍さんが、何年ぶりだ元気だったか、お互い偉くなったものだ、と肩を叩きながら食堂車にやってきた。

定食が運ばれるまでの間、あのときお前は、お前こそなどと少年時代にあった馬鹿な話に花を咲かせていた。


陸軍さんの前に並べられた皿を見て、海軍さんが驚くような顔をしてみせた。偶然にもビーフステーキがユーラシア大陸の形をしていたのである。

陸軍さんもこれに気付いて、おおっと感嘆するとナイフとフォークをしかと握り、ヨーロッパを力強く切り放して口に放り込み、満足そうに噛みしめた。

「イギリスなどはドイツが叩き潰すだろうな。ドイツの技術は世界一だ」

次に中東を切り取って口に運んだ。頭の中は敵国のことでいっぱいなのだろう、とても味わっているようには見えない。

「アメリカなどはドイツ、イタリアと我ら大日本帝国で挟み撃ちにすればイチコロだろう。それに我々は、ついに石油を手に入れたからな。二度でも三度でも真珠湾に行ってやろうじゃないか」

真珠湾に行くとしたら我々の方じゃないか、と思った海軍さんは固い愛想笑いをして、そうだなと言った。

「鬼畜米英め、アジアを何だと思っているんだ」

インドの辺りをバクバクと食べた。しかしさっきから肉ばかり食べており、パンにも野菜にもスープにさえも手を付けていないが、いいのだろうか。

それぞれまんべんなく食べ進めている海軍さんが、

「どうだ、陸軍は」

と言うと、インドシナに突き立てられたナイフがピタリと止まった。

「勝ちすぎて困るくらいだ。欧州列強の魔の手からアジア全土を救い出し、大東亜共栄圏が築かれる日も目前だろう。海軍に感謝するよ」

陸軍さんはインドシナだけを切り取って、苦々しく噛んだ。少しうつむいて考え事をしてから何か言いかけたが、言葉ごと飲み込んだ。

その様子に海軍さんは大本営発表と乖離がある戦況を思い知り、ただ押し黙っているだけだった。

「む、筋がある」

「気を付けろよ」

砂を噛むようにロシアを食べ、満州が残った。

それを見つめ、次々と浮かぶ思いを言葉になる前にかき消していった。

「そっちはどうなんだ」

海軍さんが一瞬、困ったような顔をしてから笑顔で取り繕って、

「順調だ。いい船に乗れて幸せだよ」

と言うと、ふたりは笑い合った。海軍さんの乗る船は存在自体が秘匿だったのだ。

昔話だけをしていれば、どれだけ幸せだっただろうか。ふたりは窓の向こうを流れる何のことはない風景を、目に焼きつけるように見つめていた。

日に日に町から物がなくなっていった。

金属は大砲の弾にするからと回収され、食品や日用品は軍隊優先だと配給制になった。六大都市での米飯外食には外食券が必要となった。

輸送においても兵隊、軍関係者、軍事物資が優先されて、遊興旅行客は姿を消した。結果、旅客列車は減少し、反比例するように貨物列車が増発された。それでも燃料統制と工員、物資輸送により輸送力は逼迫していた。

日の丸を見るたびにひとり、またひとりと若い男がいなくなった。勤労動員で男も女も工場へ行くようになり、明治神宮外苑に学生が集められてからは、学生が学校から消えた。昼間、町で見かけるのは子供と年寄りばかりである。

アメリカとの戦争が始まってすぐ、三代目も招集された。乗務の往路を終えたところで知らされて、復路はずっと緊張の面持ちであった。

「大陸でもインドシナでもいい、まだ見ぬ料理を持ち帰ってくれ」

「はい」

「帰ってきたら実家を継ぐといい。君の腕なら大丈夫だ」

「はい」

「必ず、生きて帰ってこいよ」


優等列車では、軍服ばかり見掛けるようになった。そうでない者は背広姿の軍需産業関係者か、入営する息子を見送る親である。

見送りの親は、息子を連れて食堂車を利用することが多かった。これが親子で一緒にとる最後の食事になるかもしれない、ならば温かく高級なものを食べさせたい、という親心であったが、その重苦しい雰囲気には食堂車の従業員も胸が押し潰されそうになる。

そうは言っても、廃止が検討されながら軍部の一声で継続することとなった列車食堂は、相変わらず市井で見かけない食材が揃っている、浮世離れした空間だった。

定食客が終わり、順番にとったまかないも済み、二等車から一品料理の案内をさせると、すぐによく知った顔がやってきた。

「ハチクマさん、お久しぶりです」

我が家に帰ってきたような穏やかな笑顔を振りまく殿下に、刺されるような思いがした。やる気に満ち溢れた五年前とは、まるで別人のようである。

これまでの戦いで何をし、何を見てきたのか、後光の射しそうな慈愛に満ちた微笑みを得るに至ったのは何故なのかは、想像を絶することだった。

「お帰りなさいませ。今日は何になさいますか」

ハチクマが作った精一杯の笑顔を見てから、殿下は少し考える素振りをして、

「ハチクマさんに任せます」

殿下が見せる満面の笑みに、ハチクマは緊迫した表情で「かしこまりました」と、言って厨房へと下がっていった。

しばらくして運ばれたのは、コロッケとパンである。

「本日は、ごゆっくりお召し上がりください」

と、ハチクマが言うので殿下は箸を手に取った。

まとった細かなパン粉の一粒一粒がカラリと立ち上がり、黄金色に輝いている。割ってみると、水気も脂っ気のないパサパサしたものが、ほろりと崩れた。

一口食べてみると、まったく何の味もないわけではないが、これと言った味がしない。

「これは何ですか？」

「おからの代用コロッケです。パンも代用パンをご用意しました」

「ハチクマさんは、いつも私に粗末なものを食べさせますね」

ハチクマが非礼を詫びると、殿下は哀しく微笑みながら代用コロッケをじっと見つめた。

「このコロッケは、今の大日本帝国そのものです。綺麗に揚がっていますが、衣の向こうの嘘がうっすら透けて見えます。中を見れば、今にも崩れそうな真実が露わになります。下ごしらえや味付けを工夫すれば美味しくなるのでしょうが、そんなゆとりはありません」

代用パンを千切って口に運んだ。一体何が入っているのだという雑味でいっぱいだった。

「しかし今は、そういうものしか食べられません。知っていても、知らなくても、気付いていても、信じていても……」

ハチクマが供した内地の現実に、殿下が応えた戦地の現実は、あまりにも重苦しいものだった。

しかしこれはきっと始まりにすぎないのだ。

「ハチクマさん、子供は？」

「娘が産まれました」

残念そうな顔になってしまいそうなのを堪えて「そうですか」とだけ言ったが、感情は隠しきれなかった。

しかしハチクマは、厚い雲も吹き飛ばす満面の笑みを浮かべた。

「これからは女の時代です。最近は駅も工場も、どこもかしこも女ばかりですが、真面目で一所懸命に働いております。この戦争に勝った暁には、戦地から帰ってきた男と、銃後を守り抜いた女が手を取り合って働いて、大日本帝国を世界一の国に導くでしょう。私は娘を、日本の未来を担う商売人に育てる所存です」

ハチクマから語られる明るい未来は、現状の重圧を振り払った。喜びが心の底から湧き、弾む声となって溢れ出た。

「さすがですね、ハチクマさんはそうでなくっちゃ」

殿下は代用コロッケと代用パンを口に運んだ。

そうだ、これをまやかしと思わず真摯に向き合い、そのものの良さを引き出すよう研究や工夫を重ねれば、本物を超える日が来るかもしれない。

男の代用などではない、女ならではの仕事が認められ、男女が切磋琢磨する世の中が、列車食堂のウェイトレスのように職場を男から勝ち取る日が、いや男女など関係なく社会で活躍する時代がやってくるに違いない。

「私は子宝に恵まれませんが、こうしばしば船に乗っていては、新しい時代を作ることもままなりません。家のことがあるので、恵まれた場所で働いていますが……」

箸を置くと、殿下はうつむいて、ぽつりとつぶやいた。

「私もそろそろ、危ないかもしれない」

ハチクマの顔が凍りついた。

「もし、列車食堂が閉まるようなことがあったら、ハチクマさんはどうされるおつもりですか」

ついに、食堂車がなくなろうとしているのか。

衝撃的な言葉であったが、現状を鑑みると言及できないような気がして、殿下の質問に答えるのみにした。

「横浜鶴見の洋食屋から、いつでもいいから来てくれと声を掛けて頂いております。外食券制で商売は厳しくなってはおりますが、気ままな雇われコックなので、私にとっては願ってもない話です」

「工場に動員されるかもしれませんよ」

「お国のために働けるのならば、本望です」

「そうですか……」

しばらく空いた皿を見つめてから、すがるような目でハチクマを見上げた。

「この戦争が終わったら……」

殿下が突き付ける現実はあまりにも残酷で、その一言ひとことに胸をえぐられるような思いがした。五年に及ぶ戦いで、殿下は悪魔に取り憑かれてしまったのであろうか。

「目黒の家で働いてはくれませんか」

「それは……畏れ多くも……」

今にも息が止まってしまいそうなハチクマに、殿下が泣き出しそうな声を出して、畳み掛けるように懇願した。

「戦争が終わるのを待たなくてもいい、列車食堂が閉まってからでも、いいや、その前でもいい。私の家に来てもらいたいが、明日さえどうなるかわからない身です。目黒であれば最悪の事態になっても、海と工場が近い鶴見よりは安全だと思うのです。何より私はハチクマさんに生きていてほしい。だから、お願いします。父には私から話しておきます、だから……お願いします……お願いします……」

丸まってぶるぶると震える殿下の背中に、脱帽したハチクマが撫でるように寄り添って、声を掛けた。


「陸《おか》に戻られましたら奥様とご一緒に、目黒にお立ち寄りください」

殿下がハッとして顔を見上げると、そこにはいつか見た顔がそこにあった。

そうだ、私にまかない飯を供したときの、恐れを知らぬ自信に満ちた笑顔だと、殿下はハチクマと出会ったあの日を思い返した。

「必ずそのようにします。だから必ず、生きて帰ります」

今にも弾けてしまいそうな、はち切れそうな声で絞り出された殿下の言葉は、ふたりの祈りであった。

昭和十九年の春。

目黒駅を出て、出口を確認する。

あの竜宮城は今、どうなっているのだろう。

まあいい、帰りにちょっと覗いて、妻に古巣がどうなっているのかを教えてやろう。

白金の方に歩みを進めると、うっそうとした緑が目に映った。

変わらないことに安堵したと同時に、また浮世離れしたところに勤めるのかと思い、自嘲した。毎日ここに通うようになると思うと、目覚めてまた夢を見るような気分である。ついに列車食堂は幕を下ろしたが、今日からはひとりの料理人として、新しい幕を開ける。

さあ、また下働きから始まりだ。

久しぶりだが、そんなのはもう慣れっこだ。

厳めしい顔で立つ警官に、恐る恐る申し出た。

「ハチクマと申します」

いつかのような厳しい検査はなく、すんなりと通された。しかし警官の顔が暗く冷たくなったことに違和感を覚え、胸のあたりに寒気がした。

刈り揃えられた木々と芝を横目に歩き、白亜の邸宅にたどり着く。扉が開くと、固い表情をした侍女に「どうぞ」と冷え切った声で言われて、二階へと案内された。

扉が開けられると、正面を望む部屋だった。

邸宅の主が、窓外を見つめて立っていた。

何とお声を掛ければいいか迷っていると、宮様が振り返ったので、深々と頭を下げた。

「息子が世話になったそうだね」

「はっ、私……」

「ハチクマさんだね、ずっと聞いていたよ」

言葉尻に違和感があった。邸宅が静かすぎた。侍女の、警官の態度や表情に、胸を針で突かれるような気がした。湧き上がる言葉を形になる前にかき消していたが、まさかという気持ちが抑えきれず、顔を上げた。

宮様は目を伏せて、黙って首を横に振った。

ハチクマは、その場で声を上げて泣き崩れた。


分厚く柔らかい絨毯は針のむしろとなり、膝を、手の平を、やがて全身を深く突き刺して貫いた。目頭が燃えるように熱い、内臓が締め付けられて苦しい、今にも心臓が破裂しそうだ。

「息子を偲んで、好きだったライスカレーを作ってくれないか」

止まらない涙を拭いながらでは、立ち上がって返事をするのが精一杯であった。

菩薩のような微笑みと、弾むような言葉の数々が思い出された。約束を守ることができなかったことを悔やんでいる殿下の顔が思い浮かんで離れず、ハチクマも後悔に苛まれた。

「殿下が船でお作りになられたライスカレーを、皆様にも召し上がっていただきます」

涙を拭うハチクマから、宮様はふたりの思い出を垣間見た。

そうだ、息子は家を興す前に、超特急燕のカレーを教わったと嬉しそうに話していた。教えてくれたのは彼だったか。

昨今物騒だからやめたらどうだと言っても、大切な友人だからと言って、家に招いたこともあった。あれも彼のことだったろう。

＊

兵学校を卒業して帰ってきたときには、学校の話をすると思っていたら、列車食堂の話を聞かされて閉口した。

あの時、初めて彼の名前を聞いたのだ。

＊

「本当に世話になったね。今度、列車食堂での息子との思い出を、聞かせてくれないか」

「もったいないお言葉です。お時間の許す限り、お話しさせていただきます」

「ところで……」

いよいよ、仕事の話だ。

宮家の料理とは、市井とはどれだけ異なるのだろうか。食材は贅を尽くしたものなのか、時局柄を反映して質素な食材に手間をかけるのだろうか。しきたりや禁制も数多くあるだろう、これまでとは違う難しさがあるに違いない。

宮様は、不思議そうな顔をして尋ねられた。

「ハチクマとは一体、何だね」

シチュードビーフ

ハチクマさんから言われていたが、俺は返事をすることができなかった。出遅れた負い目があったから死力を尽くし、いざとなれば花と散るつもりだったからだ。それが戦地に赴けば草の根をかじり泥水を啜り、生き恥をさらしても構わないから生きて日本の土を踏みたいと、強く願うようになっていった。念願叶ってぎゅうぎゅう詰めの復員船に押し込められて、ようやく踏んだ日本の土が焼け焦げているだなんて、想像だにしなかった。

この景色には、見覚えがある。それは大正十二年、九月一日――。
学校から帰ってすぐ、親父の洋食屋が激しく揺れて、あっという間にぺしゃんこに潰れた。破れた壁から這い出るとすぐ、パッと火がつき浅草一面が燃え広がった。

母さんがいない、そう気付いた頃には遅かった。

今、どこまでも広がる焼け野原を目にして、これを人間がやったのか、と俺は戦慄するばかりだった。

親父！　親父は無事なのか⁉

重たい背嚢《はいのう》に急かされて、俺は焼け野原の中で親父を捜した。

洋食屋があった場所には、焼け残った板塀で組み立てられた店があった。軒先にぶら下がっている板切れには、ハチクマさんに教わった「ハムライス」が親父の字で書かれている。

店に飛び込み、傷だらけのカウンターに並ぶ背中の向こうで、ハムライスを皿に盛りつけている親父のキョトンとした顔を見た。

「お前……生きていたのか」

「……ただいま、帰って参りました」

敬礼をすると、涙が溢れた。生きている、親父も俺も生きている。潤んで歪んだ親父が厨房を出て、俺をがっしりと抱きしめた。

死力を尽くせず、生き恥を晒した申し訳なさが、俺の胸を締めつけた。何と詫びればいいのだろう、あの日と同じ光景を親父に見せてしまったと、そう思うと悔しくて悔しくてたまらなかった。


親父は名残惜しそうに身体を離すと、威勢のいい笑みを浮かべて俺を厨房に引きずり込んだ。

「さっそくだが、手が足りねぇんだ。お国の次は、店のために働いてくんな」

背嚢をカウンター下に起き、焼け残ったコンロに置かれた鍋を見る。それは確かにハムライスのように見えたが、実際はだいぶ違うとすぐに気付いた。

雑穀ばかりのライスと、玉ねぎ代わりの草の根とハムではない何かの肉、だが根本から違っている。具も雑穀も一緒くたに入れて炊いていたのだ。

悟った親父は、こっそりと俺に耳打ちをした。

「お陰様で大繁盛でな、いちいち炒めてちゃあ間に合わねぇんだ。もうじきなくなるから、次を炊いてくれねぇか」

なるほど、贅沢は言っていられない。そう納得しハムライスもどきの仕込みをすると、このバラックには相応しくない背広の紳士がふらりと店に入ってきた。

「いらっ……しゃい……」

日本食堂の支配人だ。どうしてこんなところにと呆気にとられている俺を、目を剥いたまま首根っこを掴み、店の外へと引きずり出した。

「三代目、君は三代目と呼ばれていた、パントリーだろう？　頼みがあるんだ、聞いてくれるか」

「店ん中じゃあ、ダメなんですか」

バラック裏まで連れ出して、辺りをキョロキョロ見回してから、支配人は俺の肩を掴んで声を沈ませ話し始めた。

「まだ燻《くすぶ》っているからな、人目が憚られる話だ」

「天下の日本食堂が、危ない橋を渡ると仰るのですか」

支配人はカッとなり、荒らげそうになった声を焼け焦げた地面に鎮ませた。

「そうではない……三代目、食堂車に乗ってくれんか？」

食堂車だって⁉ 復員列車は寄せ集めのボロボロで、ガラスが足りず窓には板がはまっていた。すれ違った列車もぎゅうぎゅう詰めで、石炭の質が悪いのか汽車の走りも弱々しく頼りない。そんな状況で、どうして食堂車が走るというんだ。

支配人は再び辺りを見回して、俺に身を寄せひそひそと耳打ちをした。

「連合軍の高官や将校が乗る、専用列車だ。それに地方へ疎開させていた食堂車を連結するように命令された。そこで働くコックが要るんだ」

連合軍と戦って復員したばかりの俺に、連合軍のために列車食堂の厨房に立てというのか⁉

だいたい俺は陸《おか》のコックを断ったせいもあるが、支配人が言ったとおりパントリー止まりだ。とてもコックなんて務まるはずが——。

支配人の指に力が入った。逃さない、その切り札があるとでも言っているようだ。

「ハチクマの推薦だ、受けてくれるな？」

「ハチクマさん⁉ ハチクマさんはご無事なんですか⁉ 一体どこに⁉」

「乗務から帰ってきたら教えてやる」

「教えてくれたら、乗ります」

うぬぬ、燕返しかと、鬼瓦みたいに唇を噛み締める支配人を、俺はニヤリと嘲笑《わら》ってやった。


支配人から教わった店は、横浜鶴見の街角にある小さな洋食屋だった。連合軍の研修を終えてから、なけなしの外食券を握りしめ、カランコロンとベルを鳴らした。

いらっしゃいませ、その声があまりに懐かしくて溢れる言葉をひとつも発せなかった。

「……三代目……お帰り」

ハチクマさんは俺にテーブルを勧めると、いつかの夜のように向かいに座った。

俺は視界をテーブルでいっぱいにしてから、ややくたびれた笑みを浮かべるハチクマさんを捉えた。支配人に会ってから今日までずっと抱いていた問いを、首を突き出し喉の奥から絞り出した。

「ハチクマさんは、もう乗らないんですか？」

その答えは、さっきの声から察していた。確か、肺が悪いと誰かから聞いたことがある。するとハチクマさんは、俺からふいっと目を逸らし、悲しそうに語り始めた。

「支配人が言ったんだ、連合軍に一泡吹かせてやりたいと。そんなコックがひとりくらい欲しいから、悪さばかりしていた私を乗せたかったそうだ」

俺は固まったまま、うなずいた。戦争には負けたが、俺はまだ厨房でなら戦える。

しかし、ハチクマさんは寂しそうに続けるのだ。

「そんな料理を、美味しく作れる自信はない。だが三代目には、それができる。そう思って、君を推挙した」

見透かされた、俺はギクリと背筋を反らせ、コロコロと笑うハチクマさんに、苦笑いを送り返した。それでも信じられないことがあると、俺はハチクマさんに縋りつく。

「俺は、復員した日に支配人から話を頂きました。どうして、俺が帰ってきたと知ったんですか？」

するとハチクマさんはキョトンとして、当たり前だと言わんばかりにつぶやいた。

「言っただろう？　生きて帰ってこいよ、と」
まったく、ハチクマさんは。俺は笑っているしかないじゃないか。

上野のガード下には、戦災孤児と傷痍軍人が溢れ返っている。そのすぐそばに広がる闇市では、何の肉だかわからないホルモン焼きと、爆発しないが危険なバクダン、西洋闇鍋ともいえる残飯シチューに人々が群がっていた。

俺がこれから乗る列車には、ホテルやレストランに頭を下げて集めた食材を詰み込んでいる。得体の知れないものなどは、ひとつとしてない。

そんな列車のまかないを、俺は口にしたくない。雑穀だらけの握り飯と、汁物のために味噌玉を持参して省線のホームへと上がっていった。

日本食堂の営業所があり、専用列車が準備をしている品川駅。そこへと向かう黄昏時の京浜電車は、買い出し帰りの客ですし詰めだった。窓にはガラスの代わりに板がはめられ、どういうわけだか扉もない箇所があり、客が落ちてしまわないようにと、横木が据えつけられている。

電車が緩やかに減速しプラットホームに滑り込むと、専用列車が姿を見せた。磨き上げられた茶色い車体に、それぞれ英語が書き添えられている。

列車食堂は、かつての輝きを放っていた。これを連合軍に奪われたのか、それとも我が国が手放したのか。いいや考えるなと頭《かぶり》を振って、舌を巻かせてやるのだと、メニュー表に目を通す。

「おっ、オムレツがある」

ハチクマさんが絶賛した、俺の得意料理じゃないか。と、パントリーが俺を隅に追いやり、インテリを鼻にかけた通訳に聞かれぬよう囁いた。

「アメリカの軍人は田舎者ばっかりだ、しっかり中まで焼くんだぞ。半熟にして、こうされたコックがいる」

パントリーは手の平を、俺の眼前で寸止めした。俺は震え上がりつつ、これまでの洋食修行が通用しないのかと肩を落とした。

レシピ通りに調理をし、夕食のシチュードビーフの味を見る。上品にして上等で、何とつまらない味なんだ。半熟オムレツの美味さがわからない田舎者に、これが理解できるのか。ならばこれでも喰らいやがれとアメリカ兵の目を盗み、半分に千切った味噌玉を寸胴鍋に放り込んでやった。

血相を変えたパントリーが歯を剥いて、俺の襟首を掴み取る。

「バカ！　何をやっている！　死にたいのか⁉」

「ここは列車食堂だ、積んだ食材は限られている。もう、代わりは作れないぜ」

狂ったように口角を釣り上げる俺に、パントリーは「どうなっても知らないぞ！」と言い放ち、震える手でシチュードビーフをテーブルに運んでいった。

その背中を見送って、ハチクマさんの悪戯はそうではなかったと猛省した。ときどき失敗することもあったが、ハチクマさんは美味しい料理を作りたいから様々な悪戯を仕掛けていたんだ。ハチクマさんが支配人の頼みを拒絶した意味が、今になってわかってしまった。

やはり俺は、コックを務めるには早かった。

それはすぐ、答えになって返ってきた。シチュードビーフを一口食べた将校がテーブルを立ち、それを手にして厨房へと向かってきたのだ。

顔面にシチュードビーフは勘弁だ、真っ赤な顔に吊り上がった目、刺さりそうな鷲鼻とシチュー皿、足りないものは金棒と角だけだ。

狭い厨房に逃げ場などなく、あっという間に追い詰められて、氷冷蔵庫を背にした俺は、ずるずると腰を抜かしていった。

「悪かった！　出来心だ！　頭からシチューは勘弁してくれ……」

戦地以来の生命の危機に震えている俺の手を、将校は掴み取ってしかと握った。まくし立てられた将校の言葉を、ツンと澄ました通訳が淡々と日本語に直していく。

「『シチュー美味しい』と言っている」

これに驚かされたのは、ほかでもない俺自身だ。味噌を入れたシチュードビーフが美味いだって⁉

将校はひと通りの礼を終えると、上機嫌で自席に戻りシチュードビーフの続きを啜った。氷冷蔵庫を頼りに立ち上がってから、俺はこっそり寸胴鍋からソースを取って、味を見る。

ほのかな塩気と豆の甘みが鼻をくすぐる。お世辞にも美味いとは言えないが、運よく彼の口に合ったようだ。

命拾いした、と俺は再びずるずる落ちて、尻もちをついて深くて長いため息をついた。

乗務を終えて、品川駅。

太った鞄を盗られぬように抱えていたが、夢から覚めたばかりのような間抜けな顔だけは、どうすることもできなかった。

鞄をギュッと抱きしめて、中の感触を確かめる。

仕事を終えたその瞬間、将校からハムを一本押しつけられた。突っ返そうにもそれは見るからに上物で、食べるにも売るにもありがたいので、戸惑ったまま受け取ってしまった。

いいや、これは勝ち取ったのだ。俺は一矢報いてやったんだ。

そう思い直した俺は、京浜電車で鶴見に向かう。ハチクマさんが働く店がある町だ。親父と一緒に本物のハムライスを作るより先に、ハチクマさんにハチクマライスを作ってもらおう。連合軍専用列車の話をして、列車食堂の昔話に花を咲かそう。

そうか、もう昔話になってしまうのか。この国が復活を遂げて、日本人が来店できる食堂車が蘇ろうとも、あの列車食堂は遠い思い出の中なのか。

早春を告げる風が吹き抜けた。

俺は過ぎ去ろうとする冬の寒さと暖かな日差しの狭間で、身体を震わせる期待に胸を躍らせた。

参考文献

『連合軍専用列車の時代　占領下の鉄道史探索』河原匡喜　光人社　二〇〇〇年
『食堂車の明治・大正・昭和』かわぐちつとむ　グランプリ出版　二〇〇二年
『象は汽車に乗れるか　昭和39年新幹線「ひかり」開業までのよみがえる昭和の鉄道史』マイロネBOOKS14　鉄道資料研究会編　JTB　二〇〇三年
『食堂車乗務員物語　あの頃、ご飯は石炭レンジで炊いていた』交通新聞社新書10　宇都宮照信　交通新聞社　二〇〇九年
『素顔の宮家　私が見たもうひとつの秘史』大給湛子　PHP研究所　二〇〇九年
『15歳の機関助士　戦火をくぐり抜けた汽車と少年』交通新聞社新書51　川端新二　交通新聞社　二〇一二年
『日本の食堂車』RM　LIBRARY150　鉄道友の会　客車気動車研究会　ネコ・パブリッシング　二〇一二年

『往年の客車列車編成表』［改訂版］アルモデル　二〇一七年年

『鉄道博物館企画展　走るレストラン～食堂車の物語～』図録　鉄道博物館　二〇一九年

『サンキュ！』二〇二〇年五月号　ベネッセコーポレーション

著者プロフィール

山口 実徳（やまぐち みのり）

1982年生まれ
東京都出身
神奈川県在住
2022年WEB小説コンテスト「第二回くろひつじ大賞」を本作で受賞
著書：『海行き電車』（2020年 文芸社）

列車食堂

2024年12月15日　初版第１刷発行

著　者　山口 実徳
発行者　瓜谷 綱延
発行所　株式会社文芸社
〒160-0022　東京都新宿区新宿1－10－1
電話　03-5369-3060（代表）
03-5369-2299（販売）

印刷所　株式会社フクイン

ISBN978-4-286-25846-1